행복한 여자는 글을 쓰지 않는다

평생 말빨 글빨로 돈 벌며 살아온
센 언니의 39금 사랑 에쎄이

최연지 지음

# 행복한
# 여자는
# 글을
# 쓰지
# 않는다

레드박스

한 그루의 나무가 모여 푸른 숲을 이루듯이
청림의 책들은 삶을 풍요롭게 합니다.

Happy Women Spend,
Unhappy Women Write.

저서가 없는 영상작가의 열등감?
그건 아니다.

방송이나 영화의 대본을 업계 전문용어로 '책'이라고 하는데,
그렇다면 나는 책 수백 권 쓴 사람이다.

얼마 전 쓴 '책'이 방송국 편성 과정에서 엎어졌다.
올드하단다. 내 작품이?

20, 30대 시청자 층 다 끌어들여서 죽이는 20부로 간다니까
"칠십 노인이 킬 힐을 신는다고요?"
피디 출신 외주제작자 대사다.
여자 나이 사사오입하다간 진짜 킬 힐에 찍히는 수가 있다.

골절될까 우려하는 건 아닐 테고 보기에 안 좋을 거라는 얘긴데,
킬 힐……그거 몇 살이 신어도 다리 나름, 얼마든지 예쁠 수 있다.

*** 

하여 20, 30대 독자들도 좋아할 진짜 책, 내가 쓰고 만다.
요새 누가 책 읽느냐고?
무슨 소리! 난 읽는다, 매일.

내 드라마, 〈질투〉, 〈연인〉, 〈애인〉의 시청자들.
다 책 읽는 거 좋아하는 사람들이었다.
많이 만나봐서 안다.

"내 책을 사서 읽은 독자들에게 '어때, 손해는 안 봤지?'라고 자신
있게 말할 수 있는 책을 쓰지요. 오사카 사투리로 거들먹거리면서 진
짜로 그렇게 말하지는 않지만."

이 말.
고객을 소중히 여기는 프로 작가의 인터뷰 대사다.
무라카미 하루키!

세계적인 대작가와의 비교야 언감생심이지만
적어도 독자가 책값 치른 게 분하지는 않은 책을 쓰고 싶다.

제목과 차례에 또 낚인 게 속상해서 책을 던져본 경험이 있기에……

2019년 봄
일산 집필실에서

# 프롤로그

이 책을 드라마와 인생을 가르쳐주신
불세출의 극작가 이상현 선생님께 바칩니다.

환희와 비애의 거품이 부글부글 끓어 넘치던 드라마 교실.

"여기는 모두 발가벗고 들어오는 목욕탕이야.
조개탕 고구마탕."

네, 그 목욕탕 교실에서,
여의도 방송작가교육원 원장실에서,
KBS 별관 뒤 호프집에서,
〈영덩포에 밤〉 부르시던 지하 노래방에서
해주신 강의에다 저의 단견 마구 보태서
다 제 생각인 양 풀어보려고요.

〈악인시대〉로 26세 약관의 나이에 시나리오 작가로 데뷔하신 이상현 선생님.

당신의 아내는 중국 청나라의 수필가 심복의 《부생육기》에 나오는 아름다운 운芸* 같은 여자여야만 한다고 젊은 날 내내 찾아 헤매셨다. 그리고 드디어 어느 날, 그 운을 남산 KBS 앞 건널목에서 발견, 심쿵하신 이래로…… 집 마루에서 마주쳐도 반가워서 서로 손잡고 "여보, 오랜만이요~"하고 살고 계신다.

아니, 작가, 연기자(반효정) 부부의 집이 얼마나 크길래요.(웃음)


"사랑은 결국 이런 연출이다."

"연출요? 연출……이라면 어쩐지 거짓, 생쇼 필이 나는데???"

---

* "《부생육기》를 쓴 심복의 아내 운은 중국문학 전체를 통틀어 가장 아름다운 여성이다."
  _린위탕

"그기~~ 아니지~~."(수업 중 가장 많이 하시는 대사)

연출은 의도와 방향이 있는
행동이고 실천이다.
대본 속 진실을 충실하게
눈에 보이게 표현해내는 게 연출이다.
그렇기에 연출은 너무나 중요하다.
사랑에서도 인생에서도 드라마에서도.

소설가의 책과 달리
드라마작가의 대본은 시청자를 직접 만나지 못한다.
TV드라마 극본을 쓴다는 건
전혀 연애할 준비가 되어 있지 않은,
엄청 냉정한 상대에게 뜨거운 연애편지를 쓰는 것.
게다가 상대는 문맹.
작가의 글은 읽지 않고

연출이 만들어 내보낸 화면을 본다.

화면 속 연기자의 모습을 보고

그가 하는 말을 듣는다.

그들은 관람료 미리 지불하고 들어온 연극이나 영화의 관객과는 사뭇 다르다. 내용 별로네 싶을 때 리모컨 찾아 들어 올릴 시간조차 아까워서 아예 리모컨을 총처럼 들고 앉아 있다. 혹은 내용 시시하면 그 자리에서 그대로 눈만 감고 자려고 아예 드러누운 자세로 본다.

그러니 좋은 대본도 나쁜 연출 만나면 망한다. 무능한 연출이 멍청한 연기자와 스태프들 데리고 승질부리며 열~심히 찍을수록 시청률은 내려가 애국가와 컬러 띠 시청률이랑 경합을 벌이다가 폭망한다. 그 작품이 그 작가와 연출의 유작이 될 수도 있다. 그들만 기억하는…….

연출자들은 말한다.

좋은 대본에서 나쁜 연출이 나올 순 있어도
나쁜 대본에서 좋은 연출이 나올 순 없다고.
좋은 작가를 만나고 싶단 얘기지.

작가도 좋은 연출을 만나고 싶다.
잘못된 설계도로는 좋은 건물은커녕
건물 자체를 만들 수가 없지만
멋진 설계도가 멋진 건축물을 보장하지는 않는다.

"그러니 작가와 연출은 부부인 게야. 작가가 아내면 연출
은 남편이지" 하시며 선생님께서는 손수 나의 첫 남편을 골
라주셨다.

당시 선생님께선 엄청난 화제의 MBC 정치드라마 〈제2공
화국〉을 한창 쓰고 계실 때였는데…….

그리하여 내 생애 첫 방영 드라마는

MBC 〈수사반장〉 중 '햇살의 물고기'.

　　방송 당일 아침, 흥분하여 찾아본 조간신문 오늘의 TV 프로그램 안내엔 〈수사반장〉 '햇살의 불고기'라고 소개되어 있었지만.

　　햇살에 불고기 해먹는 얘기 아니고 아주 심오한 의미가 있는 제목이었는데.

　　〈한국일보〉 문화부 수습기자 시절에 방송국에서 보내준 TV 프로그램 목록을 별 성의 없이 베껴 썼던 기억이 퍼뜩 떠오른다. 에효오~ 조심 좀 하지~.

　　'햇살의 물고기' 다음 주 방영분인 '서울은 비'를 야심차게 쓰고 있는데 첫 남편 왈 그게 〈수사반장〉 최종회가 될 테니 대본 끝에 20년 수사반장 최불암 님의 마지막 인사 멘트를 쓰라고……. 으윽.

　　매주 한 편씩 쓸 줄 알고 회당 고료 곱하기 4 하면서 즐거워했는데 졸지에 프로그램 '끝내주는 작가'가 되고 말았다.

이상현 선생님 별명은 걸어 다니는 도서관.

그리고 걸어 다니는 영상자료원.

내가 첫 라디오드라마(〈KBS 무대〉) 의뢰를 받고 택시기사인 아버지와 딸 이야기를 하겠다고 말씀드리니 선생님 집필실 안, 그야말로 울창한 책의 숲길을 이리저리 다니시며 택시, 운전사, 부녀관계, 홀아비 심리 관련 책을 착착 꺼내 책상 위에 쌓으신 후 보자기로 싸주시며 다 읽어보고 쓰라고 하셨다.

200자 원고지 뒷면 여러 장에 걸쳐 손글씨로 제자들 작품에서 보완할 점을 일일이 적어주시던 선생님.

"우물에 물이 고이지 않았는데 자꾸 퍼재끼기만 하니 흙이 나오지."

근데 어느 천 년에 물이 고이나요.

제자들은 마구 초조해했다.

연속극 쓰고 있을 때 방송국에서 마주친 사람이
"자알~ 보고 있음다!"라고 인사하고는
돌아서서 "맛이 갔어. 조기 종영될걸"하고 말하는 동네에서
작가로 버텨야 할 때,
선생님께서 200자 원고지 뒷면에 촘촘히 써주신 글.
그 아랫배가 튀어나온
반쯤 드러누운 글씨들을 생각하며 힘을 얻었다.
그 200자 원고지는 모두, 지금도 소중하게 간직하고 있다.

이상현 선생님, 감사합니다.

| 차례 |

행복한
여자는　　글을
　　　　쓰지

　　　　않는다

*Happy Women Spend,*
*Unhappy Women Write.*

// 이거, 내가 만난 모든 여자 작가들이 급동의하는 말이다.
여기서 이야기하는 글은 A4지 한 장 이상의 긴 글이다.
특히 팔기 위해서 쓰는.

행복한 여자는 첫째, 글을 쓸 시간이 없다.
또 글을 쓰겠다는 욕구도, 써야 할 이유도 없다.

글을 한 장 쓰는 건
한 마지기의 밭을 매는 것과 비슷한 강도의 노동이다.
것도 반드시 혼자 해야 하는…….
누구와도 더불어 함께할 수 없는
노동집약적 작업이 집필이다.

행복한 여자는 불러주는 곳이 많고
가야 할 데도 많다.

혼자 땅을 파야 할 이유도 없고
그런 수고를 하도록 주변에서 놔두지도 않는다.
불러댄다. 차 한잔하자고,
냠냠하며 보고 싶다고. (돈 들고) 오라고…….

반면, 불행한 여자를 오라고
적극적으로 부르는 데는 별로 없다.
제발 몸만이라도 오라는 선의의 초대조차도
불행한 여자는 시간이 없다며 거절한다.
실은 돈이 없는 건데…….
내가 조만간 답례할 수 있겠다 싶은
가능성이 희박한 초대 자리는 즐겁지 않다.

신용카드 광고카피 '열심히 일한 당신, 떠나라!'
너무나 간절한 말이다.
떠난다……. 망설이지 않고, 가볍게, 머얼리, 훌쩍.
지중해, 킬리만자로, 피오르, 사하라, 몽고…….
자연에는 주인이 없고 즐기는 자가 임자라지만
그 자연까지 가는 데 돈이 든다.
망설일 일 없이 포기다.

그래서 불행한 여자는 돈 안 드는 곡괭이를 들고
땅을 파는 거다.
병신 삽질.

내 잘못이 아닌 일로 처맞는 기분,
그게 불행의 느낌이다.

암튼 오직 불행한 여자만 글을 쓴다.
그리하여 드라마 교실엔 가지가지로 불행한 여자들, 재수 없는 언니들이 모여든다.

"저는요오~ 결혼해서 애 낳고 학교 선생 하던 30대 초반에…… 너무너무 불행했어요. 정말 뭘 어떻게 해볼 수가 없을 정도로. (둘러보며) 여기 계신 여러분의 30대는 어떠신가요. 전 그 나이에 너어무 힘들어서 글을 쓰게 됐어요."
교실 안에 나를 비롯한 모든 불행한 여자들의 눈시울이 동시에 빨개졌다. 당시 그야말로 장안의 화제였던 KBS 아침 일일연속극 〈일출〉의 작가 이금림 선생님 초청 특강. 강의 첫 대사가 그랬다.
선생님 목소리의 미세한 떨림이 불행한 여자들의 예민한 촉수에 닿아 파르르 진동을 일으켰다.
안경 벗는…… 코 훌쩍이는…… 다리 떠는…… 혹은 헛기침하고 손깍지 끼는(나다) 여자들.

"연속극 쓸 때는 이 머리도 틀어 올려서 꽁꽁 잡아매고 집 안에 딱 틀어박혀요. …… 돌아가신 아버지가 돌아오신대도 안 반가워요."
그렇겠지. 부러워라. 그렇게 인기 좋은 일일연속극 수입은 얼마나 되려나. 그런데 여길 왜 오신 거지?

　드라마작가가 되어보겠다는 불행한 여자들의 간절한 대면 요청이 돌아가신 아버지의 환생보다 더 힘이 셌던 거다.

　샴푸하고 드라이 갓 한듯 풍성하고 긴 머리를 어깨까지 내리고 날씬한 몸매에 잘 어울리는 까만 민소매 원피스. 지성적인 얼굴. 정감 있는 목소리. 눈 깜빡깜빡하며 살짝살짝 미소. 카리스마 플러스 매력이 넘쳤다. 걸 크러시!

　그날 이금림 선생님은 딱 한 시간 동안 불행한 여자들에게 희망과 위로와 기대를 스프레이로 좌좍좍 뿌려주고 홀연히 떠나셨다.

희망: 작가가 될 수도 있겠구나.
위로: 엄청 불행하셨군요.
기대: 글을 써서 행복해질 수 있을지도…….

　바로 그 교실 안의 불행녀 중 나를 비롯해 10여 명이 실제로 드라마작가가 되었다. 80년대 말, 90년대 초, 이상현 선생님과 이금림 선생님 문하에서 가장 많은 드라마작가군이 배출되었다. 참 남자도 하나 있었다. 그도 연속극 작가가 되었다.

　그가 불행남이었는지 어쨌는지는 모르겠다. 불행녀가 관심 있는 건 오직 행복남인데 행복남은 불행녀에게 관심이 없다. 대개는 예쁘지가 않으니……. 나 정도를 예쁜 편이라 했으니 말 다했지. 적어도 30년 전 그땐 그랬다.

공지영 작가 얼굴이면 심은하 급이라고(김훈 작가 발언) 하지만, 것도 심은하 리즈시절 20년 전 얘기고……. 요즘은 소설 쪽은 모르겠는데(책날개에 하도 뽀샵 사진이 많아서) 드라마 작가들은 대부분 굉장히 예쁘다.

"야, 공부 좀 하고 글 쓴단 여자치고 이쁜 여자 봤어?"

"그러게……."

작가(최진실 엄마) 사진이 실린 책날개를 덮고 책 휙 던진다. (책방 씬)

드라마 〈질투〉에 내가 썼던 두 청년의 대화다.

당시엔 그런대로 먹히는 대사였지만 예쁜 게 착한 거고, 예쁜 애들이 공부도 잘하고 성격도 좋은 요즘엔 너무 이상한 대사. 희한치도 않은 쌍팔년도 대사가 되었다.

근데…… 그 누가 안 예쁘고 싶나.

누가 키 165센티미터 이하 되고 싶겠나.

자발적 선택이 아니니 못생긴 건 불운, 불행이다.

불행의 기본 3요소…… 병, 가난, 이별…….

못생긴 건 병에 속한다.

백팔번뇌도 크게 보면 이 세 가지로 나뉜다.

이걸 건강 문제, 경제 문제, 인간관계 문제라고 칭할 수도.

무어라 부르건 똑같이 다 고통이고 아프다.

내가 잘못한 게 없는데 처맞는다는 드러운 기분.
불타오르는 증오. 복수심.
고통과 아픔의 선명한 기억.
목울대를 치미는 열등감,
어린 시절 보호자에게 당한 학대, 폭행, 모욕.
세상에 대한 분노와 적개심, 모멸감.
행복에 대한 강박과 질투와 경멸.
아득한 추락의 느낌, 공포.
그리고 죽음에 이르는 병인 절망.
절대로 치유되지 않는 깊고 깊은 상처.

**그런데 딱 자살만 안 하고 버티면**
**이 모든 것이 그대로 기막힌 재산이 되는**
**유일한 직업이 작가다.**

"작가가 되려면 (파는 시늉) 후벼 파서 팔아먹을 상처가 있
어야 되는데…… (썩소) 나한텐 그게 없거든."

_영화 〈질투는 나의 힘〉 중에서, 문성근 대사

그래서 작가가 못된, 그리하여 넘나 좋아하는 인생의 두
가지인 '문학'과 '여자' 중 문학을 포기하고 여자만 밝히게 된
잡지 편집장의 변이다.

'상처'는 작가의 재산을
'후벼 파서'는 작가의 글발을
'팔아먹을'은 작가의 수입(시청률 혹은 판매부수)을
뜻하겠다.
표현방식이 좀 천박하고 위악적이긴 해도
틀린 말은 아니다.


"재능은 누구에게나 있다. 그런데 그 재능이 이끄는 어둠
속으로 따라 들어갈 용기를 가진 사람은 드물다."

_에리카 종

그렇다. 누구에게나 글 쓰는 재능이 있다.
그러나 '그 재능이 이끄는 어둠 속으로
따라 들어갈 용기'는?
그 용기는 누구나 낼 수 있는 게 아니다.
극한의 궁지에 몰린 쥐가
고양이를 무는 용기와 같은 것이니.
죽음이 임박한 상황이 아니면 낼 필요가 없는 용기.


모든 쥐가 용기를 갖고 있지만
죽음의 궁지에 몰린 쥐만이 그 용기를 낸다.
단말마의 순간에 그냥 죽기보다
살기를 선택하는 용기다.

천 길 낭떠러지 끝에서 벌벌 떨고 있는 자의 등을
사정없이 떠밀어버리는 잔인한 손.
불행에 떠밀려 추락해야만 비로소 날개가 펼쳐진다.
있는지도 몰랐던 두 날개로 자유롭게 비행하는 자에게
등을 떠밀었던 손은 고마운 손이다.

작가에게 불행은 그 고마운 손이다, 결과적으로는.
근데…… 살짝 불행한 게 아니라 충분히 불행해야 한다.
충분히란…… 이러다 죽는다고 확신할 정도를 말한다.

충분히 불행한 쥐만 고양이를 문다.
충분히 불행한 추락에만 날개가 펼쳐진다.
충분히 불행한 여자만 글을 쓴다.

"사람의 지혜 속에 숨어 있는 불가사의한 광맥을 파내기
위해서는 불행이라는 것이 필요한 법이다."

_《몬테크리스토 백작》 중에서, 파리아 신부가 당테스에게

불행은 필요하다.
갑자기 닥쳐오는 불행을 사자성어로 평지풍파라고 한다.

풍파…… 거센 바람과 거친 물결.
그러나 연은 바람이 불어야 날아오르고

서핑은 파도가 거친 바다에서만 가능하다.
연이 힘껏 날아오르려면 거센 바람이 필요하고
멋진 서핑을 하려면 거친 물결이 필요하다.


암굴에 갇혀 충분히 불행해야만
곡괭이를 들고 불가사의한 광맥을 파낸다.
추락해야만 날개를 펴고 솟아오른다.


자신의 재산인 온갖 상처를 후벼 파서 팔아먹기 위해 다듬는 동안 놀랍게도 고통에서 해방된다. 고통을 객관화하면서 자신을 짓눌러온 고통으로부터 해방되는 과정, 그것이 글쓰기다. 밤새 앓던 이를 빼서 손바닥에 올려놓고 들여다보며 '이거였네?' 하듯.

고통으로부터 자유로운 것이 행복이다.
머리부터 발끝까지 몸 어느 한 군데도 안 아픈 게
엄청난 행복이라는 걸 엄청나게 아파본 사람만 안다.
많이 아파본 사람일수록 더 잘 안다.
불행했던 사람만 행복을 안다.


그런데……
다들 모르다시피
불행한 여자가 작가가 되어서 비로소 행복해지는 게 아니라
불행한 여자가 글을 쓰면서 행복해지고
그렇게 행복해진 여자가 비로소 작가가 된다.

나도 그랬고, 드라마교실에서 배우고 가르친 30년 동안
예외는 없었다.

그런데 정작 드라마작가가 되고 나면 새로운 차원의 엄청
난 고통이 시작된다. 드라마대본은 드라마작가의 피고름이
다. 이건 임성한 작가의 워딩인데 나도 백퍼 동의했다. 비유
가 좀 드럽긴 해도…….

그렇게 피고름을 짜서 드라마작가가 받는 원고료는 돈이
아니라 선혈 그 자체다. 그러니 드라마작가한테 뭘 사달라,
니가 돈 내라 등등 뭘 얻어먹겠다고 하는 건 한마디로 흡혈
을 하겠단 거다. 드라큘라다.

어쨌든 행복한 작가는 없다.
작가가 안 되었다면 범죄자로 감옥에 있거나 정신병원에
있거나 자살을 했을 사람들이 작가다. 잘 쓰는 작가일수록
그렇다.

작가를 본 적 없거나 못 쓰는 작가만 본 사람들은 작가가
되게 얌전하고 내성적일 거라고 생각하는데 천만의 말씀이
다. 말수 많은 사람이 있고 적은 사람이 있지만 죄다 상당히
공격적이고 외향적이다.
타인에게 공격적인 건 범죄성향이고
자신에게 공격적인 건 정신병 혹은 자살성향이다.

내가 아는 드라마 잘 쓰는 여자 작가 중에도 행복한 여자는 없다.

눈을 씻고 봐도.

행복한 여자는 글을 쓰지 않는다. //

사랑……

아주
길어야                1년이다

// 사랑이 지속되는 1년 동안에도 정작 즐거운 시간보다는 고통스러운 시간이 더 길다.

한시성, 즉 시한부라는 건 배타성, 복수성과 더불어 사랑의 본질적 속성이다.

한시성
둘 중 하나가 곧 끝내니까
둘이 사랑하고 있는 현재의 시간에 충실해야 한다.
두 사람이 동시에 사랑을 끝내는 건
둘이 사고를 당해 죽는 경우뿐이다.
죽으면 사랑할 수 없다. 추모는 사랑이 아니다.
짝사랑이 사랑이 아니듯.

둘이 작정하고 동시에 헤어지는 것처럼 보여도
실은 이별을 기획한 쪽이 먼저 사랑을 끝내는 거다.

남녀 A와 B 중 A가 사랑을 먼저 끝내면
나중에 끝낼 B가 먼저 끝낸 A에게 배신자라고 한다.
사랑은 신뢰를 바탕으로 한 이성적 약속관계가 아니라
감정의 교류라서 배신이라는 말은 맞지 않다.

혹은 A가 B를 버렸다고 한다.
대개는 A가 B보다 경제력에서 더 우위에 있는 경우다.
B가 더 경제력이 있다면 A가 B를 버렸다고 하지 않고
A가 B를 떠났다고 한다.

헤어짐을 어떻게 칭하든
사랑하는 두 사람은 반드시 헤어진다.
서로가 살아서 만나고 있는 오늘이
두 사람이 같이 보내는 마지막 날일 수도 있다.
그러니 영~원한 사랑의 맹세나
죽을 때까지 변치 말자는 언약 같은 건
하등 쓸데없는 짓이다.
변치 않는 사랑의 징표로 나누어 낀 커플반지가
커플의 사랑보다 훨씬 오래 남는다.

'다이이몬드는 영원히…….'
웨딩 보석 전문회사의 광고카피다.
다이아몬드의 수명은 사랑에 비하면 영원하다.

사랑의 이런 한시적 속성을 아는 사람은
사랑하고 있는 현재의 순간에 무쟈게 충실하다.
할 수 있는 최선을 다한다.
만나는 매순간이 마지막인 듯,
자신을 전부 쏟아붓는다.
미래가 없는 것처럼.
근데 없는 것처럼이 아니라
진짜로 사랑에는 미래가 없다.

그래서 "나중에 잘해줄게"에서 나중은 없다.
Here and Now뿐이다!

배타성
사랑은 상대방을 독점적 점유하는 것이다.
절대로 누구와 사이좋게 나눌 수 없다.
삼각관계의 혈투, 옥수수 뽑기,
치정살인까지 벌어지는 이유다.
라이벌이 있다면 싸워서 이겨야 한다.
승자독식. 너 죽고 나 살기.
결투의 논리다.

내가 쓴 드라마 제목 '질투'도 '사랑하고 있다는 증거가 바
로 질투라는 감정이다'라는 뜻으로 설정했다.
사랑이 끝나면 질투도 끝난다.

원수도 친구도 되지 않는다.

그냥 잊힌다.


복수성

'복수한다' 할 때의 복수가 아니라

단수, 복수 할 때의 복수, Pluralism이다.

대개 어린이집에서 첫사랑이 시작되어

죽는 날까지 사람은 일생 동안 사랑을 한다.

평생 여러 사람을 사랑하는데 한꺼번에 한 사람 이상을 사랑할 수도 있다. 썸 타는 것, 양다리, 세 다리, 문어다리, 오징어다리, 지네다리……, 다 사랑이다.

동시에 두 사람을 사랑한다 해도

물론 둘 중 더 사랑하는 사람은 있기 마련이다.

하지만 덜 사랑한다고 해서

사랑이 아닌 건 아니다.


최소한 이 정도는 돼야 사랑이라고 말할 수 있다는

그런 객관적 계량 기준은 없다.


일생동안 오직 한 사람만 사랑하는 수도 있겠지만(아주 드문 경우로 난 아직 그런 사람을 실제로 본 적은 없다) 일생에 단 한 번 단 한 사람과 사랑하는 걸 지고지순의 이상理想으로 생각하는 건 어이없다.

지고지순에 대한 그런 잘못된 인식이

쓸데없는 거짓말을 하게 만든다.

오스카 와일드가 했다고 알려진 말.
"남자는 자기가 여자의 첫사랑이기를 바라고 여자는 자기
가 남자의 마지막 사랑이길 바란다."
오스카 와일드가 남자이니 남자 쪽 바람만 사실일 것 같다.

진짜 남자 여자 둘 다 오스카 와일드 말대로 되기를 바란다면,
남자는 어린이집에서 첫사랑의 남자가 될 수 있겠고
여자는 요양원에서 마지막 사랑의 여자가 될 수 있겠지만.

사랑의 시한부 목숨이 끝났을 때,
사랑의 본질에 무지한 사람은
감당하기 힘든 커다란 고통을 겪는다.
하늘이 무너져 내린 듯한 절망감에 휘청거린다.
상대방의 변심, 배신에 충격을 받고 극도의 슬픔에 잠긴다.
혹은 상대방의 결별 선언에 아직 남아 있는 사랑이
별안간 격렬한 증오로 바뀌어 폭력을 휘두르고 싶어지기도,
혹은 실제로 휘두르기도 한다.
서글픈, 혹은 분한 얼굴로 말한다.

"사랑이 어떻게 변하니."

_영화 〈봄날은 간다〉 중에서, 유지태 대사

이 대사에 대한 이영애의 답대사는 이것이다.

"······."

이 쩜쩜쩜 대사는 배우가 말이 아니라 표정으로 한다.

대본 콘티에 카메라 원숏 컷으로 그려진다.

굳이 말로 하자면

"사랑이 어떻게 안 변하니."

사랑이 변하면 안 된다고 생각하는 사람은

계절이 지나가면 안 된다고 생각하는 사람이다.

그러니 '사랑이 어떻게 변하니'는

'봄날이 어떻게 가니'와 같은 말이다.

사랑은 간다.

봄날은 간다.

여름가을겨울 지나 다시 봄날이 오지만······

이미 갔던 그 봄이 오는 건 아니다.

새로운 봄날이다.

헌 사랑이 가면 새 사랑이 온다.

헌 사랑이 가야 새 사랑이 온다.

님이 오실 거라고 오늘도 한복을 곱게 입고 간이역에 앉아 님을 기다리는 치매 할머니. 꽃이 피면 같이 웃고 꽃이 지면 같이 울던 봄날의 시간이 머릿속에 그대로 정지되어 있는 할머니 모습에서 유지태는 문득 깨닫는다.

'내가 사랑에 대해서 바로 이러고 있구나.'

그리하여 그는 이별의 고통에서 자유로워진다.

진실을 알게 되면서 마음의 감옥에서 해방되는 것이다.

아직 사랑하고 있는 사람의 돌연한 결별 선언에

"니가 어떻게……" 하며 미치고 팔짝 뛸 게 아니고

'언젠가는 끝이 난다는 걸 알고 있었는데……, 지금이구나.

둘 중 누가 먼저 끝내나 했는데……, 너구나.'

이렇게 정리해야 한다.

쿨해 보여도 독한 슬픔은 가슴에 남는다.

그러나 그 슬픔을 지혈하듯 지그시 누르며 그런대로 일상을 지속할 수는 있다. 《중용》에 나오는 애이불상(哀而不傷, 슬프지만 상하지 않는다)이 바로 이거다. 슬프나 오장육부가 상하지는 않는다. 그러면 암으로 가는 일도 없을 테고.

그러므로 사랑의 속성을 아는 건 건강 양생의 지혜를 갖는 것이다.

"사랑도 사람의 일생처럼 생로병사가 있는 것 같아요."

_이금림 선생님 드라마 대사 중에서

사랑의 속성을 콕 집어 말하는 촌철살인 대사다.

생―사랑의 시작
로―권태(녹슮)
병―실망(파열)
사―작별(무관심)


로미오 : 슬픈 시간은 길게 느껴지는군.
벤볼리오 : 무슨 슬픔이 로미오의 시간을 늘린다는 거야?
로미오 : 가지지 못한 슬픔이지. 가져도 부족하게 느껴지
는 그것을…….

_희곡 〈로미오와 줄리엣〉 중에서

그렇다. 사랑을 가지지 못한 슬픔의 시간은 길고 길다.
사랑은 시간을 잊게 한다.
그런데 또 그 시간이 사랑을 잊게 한다.

시간이 지나면 사랑은 소멸된다.
사랑은 권태 혹은 실망을 걸쳐 망각으로 간다.
사람이 노환 혹은 병환을 거쳐 죽음으로 가듯. //

모든
결혼은            불행하다

*Happy Women Spend,*
*Unhappy Women Write.*

// 으아아~ 지겹다. 혼담 드라마.
사랑 얘기에 정작 사랑은 없고
그저 기승전'결혼'의 혼담만 분분하다.
어이없는 대가족이 밥상에 둘러앉아
입에서 밥알 튀기며 저마다 혼사 언급, 갑론을박.
리치보이 푸어걸 푸어보이 리치걸…….
돈이냐 사랑이냐, 그것이 문제로다.

서민끼리 애 바뀌는 건 별무관심이고,
반드시 한쪽 생부나 생모가 재벌이거나 알부자 거물이어야만
비로소 궁금한 출생의 비밀.
근데 이제 이것도 한물갔다. 아니, 두 물 갔다.
천수를 다하고서.
시청률 찬물 세례를 당하고 점차 사라지고 있다.
다행이다.

인기 연예인의 결혼. 옛날엔 대중이 열광했을 텐데 지금은 관심이 썰렁하다. "걔들 진짜 사귄대?" 하며 그들의 연애에는 관심 갖지만 결혼 여부는 관심 밖이다.

결혼을 해본 사람은 물론 안 해본 사람조차도 결혼이 별 볼일 없단 걸 아는 거다.


내 아침 일일연속극 피디였던 잘생긴 연출자의 결혼식,
신랑 신부 퇴장 행진.
신부가 행진 내내 생글생글 웃으니,
마침 내 옆에 서 계시던 이금림 선생님께서 한마디 하셨다.
"에유, 너도 살아바라아아~."


그 '살아바라아아~~'가 격하게 공감되어 하마터면 선생님 팔꿈치를 잡아끌 뻔했다.


결혼 적령기(노점 과일이 제값에 팔리는 시기)가 넘으면 노처녀(농한 것)?
결혼 적령기 안에 있음 그냥 처녀(싱싱한 것)?
결혼 적령기와 상관없이 No처녀(상한 것)?


세 가지 처녀 다들 이제 관심이 없고
처녀라는 단어 자체도 사어가 된 지 오래다.


사어가 된 건 총각도 마찬가지.

총각이란 단어도 먹방의 총각김치 담기, 혹은 드라마에서 총각김치 싸대기(김치 싸대기보다 세고 때깔도 좋다)로 쓰이는 정도다.

미세스 미스 구분도 관심 무.
결혼 전후로 호칭이 바뀌지 않는 미스터와 미즈의 시대.
호칭이 뭐든 상관없는 돌싱의 시대다.

결혼하셨어요? (Are you married?)
엄청 예의 없는 질문이다.

결혼하신 적 있나요? (Have you ever been married?)
이건 예의 없는 정도가 아니라 의도가 의심스러운 질문이다.
둘 다 무진장 불유쾌한 질문이다.

자식은 몇 명이나 두셨나? (How many children do you have?)
이 정도 되면 지금 뭐하자는 거냐고 (What are you doing now?) 째려보고 싶어진다.
원어민한테 내 영어 통하는지 시험해보려고 그랬대도 사생활 질문은 곤란하다. 실례다.

애 질문은 더 실례다.
결혼 여부 관심도 안 달가운데 웬 출산?
게다가 How many?

아니, 번식력까지 궁금?

One이라고 대답하면

One? Only one? 이런다.

미친 거 아냐? 싶은데 다음 질문.

Boy or Girl?

됐다 그래.


60년대. 계란 프라이가 아주 귀한 반찬이었고, 텔레비전 수상기가 부잣집에만 있던 시절. (미닫이 문 달린 TV장에 프릴 커튼도 달았다. 어떤 집은 주인 없을 때 식모가 볼까 봐 자물쇠도 걸어 잠갔다.)

당대 최고 청춘배우 커플이었던 신성일 엄앵란의 워커힐호텔 결혼식장에 무려 3,400명의 인파가 몰려 아우성을 쳤다.

그들은 이후 결혼 40주년 리바이벌 결혼식도 했고, 신성일 씨가 돌아가실 때까지 55년간 이혼하지 않은 법적 부부였지만 알려진 대로 그들의 결혼생활은 행복하지 않았다.

내가 아는 모든 사람의 결혼생활이 그렇듯이……


60년대 비슷한 시기에 또한 최고의 남녀배우 커플이었던 최무룡과 김지미. 둘 다 기혼자였기에 간통죄로 나란히 구속되어 화제에 올랐다. 둘은 각각 이혼하고 결혼했고…… 몇 년 후 이혼했다.

"사랑하기에 헤어진다."

이혼하면서 최무룡 씨가 한 이 말이 당시 화제가 되었다.

사랑하기에 상대방의 행복을 위해서 이혼한다는 말,
즉 그들의 결혼이 불행하다는 뜻이다.
모든 결혼이 그렇듯이…….

이혼한다는 건 결혼생활이 불행해서지만,
이혼 안 한다고 해서 결혼생활이 안 불행한 건 아니다.
어차피 불행하지 않은 결혼생활은 없다.

나의 결혼은 물론이고
내가 직간접적으로 아는 모든 결혼은 불행하다.
정도의 차이야 있지만.

행복의 필수조건은 자유고,
불행의 필수조건은 부자유다.

결혼에 어이없는 환상을 갖고 있는 사람조차도 결혼이 행
복을 확실하게 보장해주지 않는다는 건 안다. 결혼이 확실하
게 보장해주는 게 딱 하나 있는데, 바로 부자유다.
　따라서 모든 결혼은 불행할 수밖에 없다.

"독신에는 외로움이 있고
　결혼엔 숨 막힘과 노여움, 좌절이 따른다."

_알랭 드 보통

진짜로 알랭 드 보통이 보통이 아니다. 외로움과 노여움 둘 중 하나를 택하라면 누구나 외로움을 선택할 것이다.

그래서 노여움을 더 이상 견디지 않기로 결정하고 다시 외로움을 선택하는 것이 이혼이다. 어떤 이유든 노여움을 견디며 살아가는 것이 결혼이다. 그래서 모든 결혼은 불행하다.

피할 수 없으면 즐기라고?
노여움에는 해당되지 않는 말이다.
노여움을 즐기는 사람은 없다. 제정신이라면.

그런데…….
노여움을 견디는 이유가
다른 선택을 할 능력이 자신에게 없기 때문이라면
기분 참 드러울 것이다.
그렇다면 그런 자신의 비참한 실태를 직시하고
어떻게든 일단 능력을 키워야 한다.
'능력을 갖출 때까지'라고 시한을 박아놓으면
노여움도 꽤 참을 만한 것이 된다.
시한부니까.

근데 진짜로 고약한 케이스는, 자기 무능을 인정해야 하는 그 비참한 기분이 싫어서 이를 부정하고자 자기 자식을 위해 결혼생활의 노여움을 견딘다고 생각하는 것이다. 자식을 위해서? 그럴듯하지도 않은 거짓이다.

자신에게 거짓을 반복하다 보면 어느새 진짜로 여겨진다. 정말 자식 때문이라고 생각하게 된다, 꿈속에서조차도. 무서운 일이다.

이런 엄마들이 자식에게 이른바 '올인'한다.

내 삶의 이유는 바로 너너너…….

헬리콥터맘, 타이거맘, 스카이캐슬맘…….

능력껏 온갖 짓 다 하면서 자식을 망가뜨린다.

이 경우 자식들은 백퍼 불행하다.


자기 삶이 행복한 부모만이

행복한 자식을 만든다.

자식은 부모의 존중과 격려와 칭찬 속에 자라야 한다.

그래야 자존감 높고 남을 존중하는

행복한 사람으로 성장해 세상으로 나아간다.

다 자식 위해서 노여움을 참는 거라고 희생양 코스프레를 하면서 자식을 진정으로 사랑하고 존중할 순 없다.


엄마는 자신을 학대하는 만큼 아이도 학대한다. 공부 재촉, 성적 닦달은 일종의 아동학대다. 다 자식 잘되라고 하는 거라고, 이것도 다 교육이라고, 사랑의 매라고 자신을 속이면서 자식을 자기 노여움의 펀치백이나 자신의 비참함을 잊히게 할 대리만족의 도구로 사용한다.

그렇게 결국은 자식을 망가뜨린다.

자식을 망가뜨리지 않고 자기 노여움을 해결할 방법을 찾아야 한다. 닭 뜯어 잡듯 애를 잡을 게 아니라 엄마 본인이 학원이든 통신대학이든 대학원이든 들어가 공부해서 스스로 능력을 키울 노릇이다.

드라마 〈SKY 캐슬〉에서 3대째 의사 집안이라는 명목에 무섭게 집착하는 할머니(정애리 분)에게 손녀가 하는 말.

"할머니가 설의대 가심 되잖아요."

정답이다. 서울 의대 입학에 연령 제한 없다. 드라마작가(유현미)가 내놓은 유쾌한 정답이다.


정답 또 있다.


"똑 부러지게 자기 직업 있거나 친정이 빵빵하거나 한 게 아니면 그냥 살 수밖에 없는 거야. 남편 밥에 몰래 침 뱉어가면서……."

_드라마 〈내 남자의 여자〉 중에서


친정 빵빵이야 운명이니 어쩔 수 없지만,

'똑 부러지는 직업'은 능력을 키워서 가질 수 있다.

그때까진 '침 뱉어가며' 견디는 거다.

얼마나 현실적이고 현명한 그야말로 '똑 부러지는' 국민언니(김수현 선생님)의 조언인가.

분노조절에 도움이 된다면 그다지 나쁜 방법이 아니다. 애

잡는 것보단 억만 배 좋은 방법이다. 노여움을 자식 '교육'에 투사하면 자식이 망가지지만 침이 투하된 밥과 국을 몇 년 먹는다고 남편이 죽지는 않는다. 심지어 침이 해독작용을 한다는 말도 있다.

암튼 드라마에서 노여움에 치를 떨던 전업주부(배종옥 분)는 국민언니의 조언에 따라 '똑 부러지는 직업'을 갖는다. 자기 음식 솜씨를 살려 예쁜 샌드위치 카페를 차린다.

가만있자……. 남편 밥에 침 뱉는 거 말고 또 뭐가 있던데……, 아! 이거다!

"용케 잘 참으시네요~."
"네에~ 전 남편 땜에 화가 나면 욕실 청소를 해요."
"아, 참 좋은 방법이네요. 스트레스 해소로."
"그쵸오. 남편 칫솔로 변기를 싹싹 닦아요."

_4컷짜리 미국 만화

위의 두 방법 다 자식 망가뜨리는 것보다는
훨~ 현명한 방법이다.

어차피 사랑은 길어야 1년 안에 끝난다.
둘 중 하나가 먼저 끝낸다.
한시성이 속성인지라
사랑은 결혼을 해도 끝나고 안 해도 끝난다.

원래 결혼은 사랑과 아무 상관없는 종족의 결합일 뿐이었다. 5,000년 결혼의 역사에서 남자와 여자 당사자 둘이서 자유롭게 사랑하여 결혼한다는 소위 연애결혼의 역사는 100년이 채 안 된다.

섹스하기 위해 결혼하는 것도 아니다.
단지 섹스하기 위해서라면 결혼까지 할 필요가 없다.
또 결혼해야만 섹스할 수 있는 것도 아니다.
여자만큼은 그래야 한다고 세뇌해왔지만.
성性과 결혼의 분리는
결혼의 역사만큼이나 오래되었다.
사랑과 결혼의 분리도 결혼의 역사만큼 오래되었지만,
사랑하여 결혼한다는 연애결혼이 생기면서부터
사랑과 결혼의 분리에 혼돈이 생겼다.

성과 사랑과 결혼이 분리되지 않는 것으로 착각하는 것.
그게 결혼으로 급속히 불행해지는 이유다.

암튼 사랑이 결혼의 계기가 되었대도 결혼으로 사랑의 한시적 속성이 변하는 건 아니다. 결혼은 인간이 만든 사회적 시스템이다. 두 사람이 합의해 선택하는 하나의 라이프스타일일 뿐이다.

결혼이 사랑을 영구화한다는 건,

결국 화석화한다는 것인데
사랑은 생명체라…… 그건 이미 사랑이 아니다.
정이니 의리니 뭐라 이름 붙이건 간에
사랑이 아닌 건 확실하다.

'결혼은 사랑의 무덤'이라는 말은
결혼'하면' 사랑이 죽는다는 게 아니라
결혼'해도' 사랑이 죽는다는 말이다.
결혼하면 사랑이 더 빨리 죽는다.

이건 동거를 시작한 남녀가 사흘 지나 나흘째부터는 싸우기 시작하는 것만 봐도 알 수 있다. 동거 안 하고 그냥 데이트할 때보다 훨씬 빨리 사랑이 고사한다. 그래서 동거커플이 결혼하는 일이 극히 드물다.

다툼의 원인은 대개 돈이다. 돈이라고 하면 쪽팔리니 성격 차이라고 하지만 같은 말이다. 사실 돈 문제만큼 사람 성격이 적나라하게 드러나는 계기도 드물다.

그 돈 걸는 판을 벌여보겠다고(이해간다) 혹은 임신해서(이건 최악이다, 아이에게) 결혼식을 올리기도 하는데 대개는 신혼여행지에서부터 박이 터지게 싸운다.

구질구질한 동거보다는 쌈빡한 둘만의 여행이 훨~ 낫다.
단, 해외라면 3박 4일, 국내면 2박 3일이 최적이다.
더 길어지면 싸운다. 적어도 지겨워진다.

'미인 3일이면 싫증 난다'라는 말이 괜히 있는 게 아니다.
못생긴 여자 자살 방지용 위로의 말은 더욱 아니다.
미인 얼마 안 간다.
안 미인은 아예 안 가지만.

사랑은 불꽃이라 반드시 꺼진다.
촛불은 바람이 불면 꺼진다.
LED 촛불만 바람에 꺼지지 않는다.
근데 그건 촛불처럼 생긴 전기불일 뿐이다.

사랑은 현실의 바람에 꺼진다.
우리의 사랑으로 어떠한 현실의 어려움도 극복할 수 있다?
천만의 말씀. 사랑의 속성을 모르는 사람이다.

"그노매 사랑은 만능 조고약인가. 종기고 뭐고 몸 아무 데
나 붙이고 낫는다카네."

드라마작가 지망생들이 시놉시스에 흔히 쓰는 문구,
"진정한 사랑으로 서로의 상처를 치유하고 어쩌고……."

진정한 사랑이고 자시고 사랑은 조고약이 아니다.
사랑으로 상처를 치유하는 게 아니고

행복한 여자는 글을 쓰지 않는다

사랑으로 상처를 잊고 행복해지는 것이다.
그대가 즐거우면, 그대가 환하게 웃어주면
그것으로 더없이 좋은 것.
그게 사랑이다.

"그대 슬픔에 나는 울고
그대 기쁨에 나는 춤춘다."

_이케다 다이사쿠(세계계관시인),《세계 평화의 교향곡》, 천우

이게 사랑이다.
니가 좋아서 나를 잊는 것.
사랑은 일종의 몰아의 경지다.

빌 클린턴 대통령이 대학생이었을 때의 일화.
한창 힐러리를 혼자 좋아하여 쫓아다녔던 어느 날,
힐러리가 도서관 앞에서 휙 뒤돌아보며 물었다.
"네 이름이 뭐야?"
그 순간 클린턴은 자기 이름이 얼른 생각나지 않아서 대답
을 못 했다고. 클린턴의 이 말에 미국 청중들이 뒤집어졌다.

혼자서 좋아하던 여자의 첫 관심 표명에 돌연 머리가 하얗
게 된 거겠지. 둘의 사랑은 그렇게 시작되었고 결혼을 했고
딸 첼시를 낳았고 클린턴은 대통령이 되었다.

두 사람의 결혼생활이 그다지 행복하지 않은 건 전 세계가
다 아는 사실이다.
결혼 후 사랑이 종결된 상태에서
이혼을 하든 결혼생활을 지속하든
선택은 오직 두 사람의 몫이다.
결혼과 이혼의 장점만을 취한, 혹은 단점을 보강한 졸혼이
나 휴혼이라는 시스템도 있지만 어쨌든 본인 둘의 사랑은 끝
난 것이다.
사람은 일생 동안 사랑하며 살아간다.
물론 한 사람이 아니라 여러 사람을 차례로,
혹은 좀 겹치기도 하면서.
그 하나하나의 사랑이 아름답고 소중하다.

변하지 않아서가 아니라
변하기 때문에 소중하다.

강물처럼 잠시 머물다가 가고는
다시는 되돌아오지 않으니
사랑하고 있는 현재가 더욱더 소중하다.

참 짧다.
좋으니까 더 짧게 느껴진다.
사랑하는 사람과 같이 있는 시간은.

참 길다.

싫으니까 더 길게 느껴진다.

사랑하지 않는 사람과 같이 있어야 하는 시간은.

사랑은 반드시 사라진다.

꿈같은 봄날처럼, 그 봄날 같은 꿈처럼…….

"사랑하는 사람에게 잘 보이고 싶어서 거울 보고 머리를 이렇게 저렇게 해보고 옷을 몽땅 꺼내놓고 이거 입었다 저거 입었다 난리를 치는 사람. 그의 마음은 사제가 신을 알현하기 위해 몸을 재계하고 경건하게 제단을 준비하는 마음과 그 경중에 있어 조금도 차이가 없습니다."

_이상현 선생님

사랑은 경건한 접신의 경지다.

그러므로 고락을 함께한다는 동고동락은

동지관계나 우정이지, 사랑은 아니다.

즐거움은 같이, 고통은 나 혼자,

것도 당신이 절대 모르게다.

왜? 당신이 알면 마음 불편할 테니까.

오로지 좋은 것만 당신과 같이하고 싶다.

궂은일은 나 혼자 처리하고.

돈 욕심도 더 생긴다.

당신한테 좋은 거 사주고 싶어서.

사제가 신의 제단에 바칠 기물을

정성스레 닦는 마음과도 같다.


근데 그 사랑하는 사람과 나흘 이상 같은 공간에서

먹고 자고 비비고 똥 교대로 싸고 하면

이 몰아, 접신의 경지가 매우 훼손되는 것이다.

한계점은 3일 정도다. 생선도 손님도 사흘 지나면 냄새가

난다. (Fish and guest go bad in three days.)

한 사람과 검은 머리 파뿌리 될 때까지, 사랑은 절대 불가

능하다. 결혼 축사에서 검은 머리 파뿌리 운운도 평균수명

49세 때 얘기다.


아무튼 모든 결혼은 불행할 수밖에 없다.

불행은 결혼의 운명이다.

사랑의 본질적 속성과 엄청 모순되는 시스템이니

그럴 수밖에.


그렇다면 결혼은 절대 하지 말아야 할까…….

결혼…… 안 하면 반드시 후회한다. 넘넘 외로워서.

그런데 또, 결혼하면 반드시 후회한다. 넘넘 노여워서.


소설《안나 카레리나》에서 "행복한 가정의 모습은 대개 비

숫하다"고 한 톨스토이의 결혼생활도 불행했다. 말년에 부인이 넘 꼴 보기 싫어서 가출했다. 행복한 가정이 다 비슷하다고 한 건 톨스토이가 행복한 가정을 구경 못 해서였을 거다. 나처럼.

잘 모르면 다 비슷하게 보인다. 우리 눈에 아랍 남자들 얼굴이 다 비슷비슷해 보이는 건 그들을 잘 구경하지 못해서다.

"악처를 만나면 철학자가 된다"라고 한 소크라테스.

그의 결혼도 불행했다.

아내가 소리 지르고 물 한 양동이 끼얹으면(링컨 대통령 부인은 커피였다지만) "천둥이 치고 나면 소나기가 내리는 법"이라면서 달관했다지만 남편이 얼마나 꼴 보기 싫으면 그랬겠는가.

더구나 남편이 얼른 납작 엎드려 사과하기는커녕 물을 뒤집어쓰고도 철학자랍시고 달관 태연한 꼬라지니, 아내는 얼마나 더 천불이 났겠는가.

소크라테스의 아내 크산티페는 소크라테스의 아내가 아니라 제자가 되었더라면 차라리 행복했을 것이다. 소크라테스의 철학 실력은 크산티페가 스승에게 품을 법한 기대치를 충족했을 테니까.

그런데 결혼의 기대치는 다르다. 죽을 때까지 계~속 사랑하고 사랑받는 행복을 바란다.

사랑의 속성과 철저히 모순되는 이 야무진 기대치는 소크라테스 같은 철학자 아니라 철학자 할아버지라도 충족시킬 수가 없다. 이 기대에 어긋났다는 실망이 바로 노여움이 되는 것이다.

결혼 축가로도 잘 불리는 노래 〈즐거운 나의 집 Home, Sweet Home〉의 작가 존 하워드 페인.

그는 미혼으로 가정이란 걸 단 한 번도 가져본 적 없이 세계를 떠돈 사람이다. 결혼을 해본 사람이라면 그런 황당한 가사를 쓸 리가 없다. 꽃 피고 새 우는 즐거운 나의 집이라니.

엄청 사이가 나빴던 에이브러햄 링컨 대통령 부부가 이 노래를 유난히 좋아했다는 건, 스위트 홈에 대한 각자의 갈망 때문 아니었을까.

결코 채워지지 않았던.

"즈을거운 곳에서는 날 오라 하여도 내 쉴 곳은 작은 집 내 집뿐이리."

〈즐거운 나의 집〉의 이 가사는 오히려 일인가구의 편안함을 노래하는 것으로 들리기도 한다. 특히 노여움의 질곡에서 벗어나 자유를 찾은 돌싱의 홈 스위트 홈을.

'즐거운 곳에서 날 오라 하여도' 아니 가고 싶고,

작은 집 내 집으로 직진하고 싶다.

돌싱 아닌 그냥 싱글이야 '즐거운 곳에서 날 오라 하면' 그리로 직진하겠지. 간 김에 식사도 해결하고……. '작은 집 내집'은 '내 쉴 곳'이긴 하지만 넘 외롭다.

이 외로움이 얼마나

스위트 스위트Sweet Sweet한 것이었는지는

비터 비터Bitter Bitter한 노여움을 겪어봐야 안다.

내 부모도 그렇고 나도 그렇고 내가 가까이 아는 모든 사람 중 행복한 결혼생활을 하는 사람을 본 적이 없다. 행복하다고 '말하는' 사람은 물론 있다.

"옵빠랑 사는 게 넘넘 행복해요. 우리요오~ 이런 집에서 이렇게 먹고 이렇게 살아요오~."

예능프로 나와서 떠들고 트윗 날리고 페북질 요란한 애들일수록 빨리 이혼한다. 행복하다고 유난 떠는 건 불행하단 증거일 뿐이다. 결혼생활의 기본 감정인 노여움을 견디며 나름의 지혜를 짜고 있는 사람들은 대체로 조용하다. 사랑이 끝난 다음에도 계속되어야 하는 자기 삶의 대본을 쓰고 있는 그들은 행복도 불행도 남에게 떠들어대지 않는다.

연애하는 두 사람 중 어느 한쪽이 사랑을 끝내면(동시에 끝나는 건 동시에 죽을 때뿐이니) 헤어지는 건 당연한 수순이다.

헤어지는 데 큰 능력이 필요한 건 아니다. 물론 상대방이 크게 상처받지 않도록 배려하는 마음은 필요하다. 더 이상 사랑하지 않는다 해도 인간으로서 서로 존중하는 마음마저 없어지는 건 아니다.

그런데 결혼이라면 이야기가 다르다.
한쪽의 사랑이 끝났다고 해서 이혼할 수 없다.
배려심, 인간적 존중, 지혜…… 이런 걸 갖고도
연애커플 헤어지듯 이혼이 성립되지 않는다.

상대방 없이도 자립할 수 있는 경제력이 각자 있어야 하고,
아이가 있다면 혼자서도 아이를 적어도 대학 졸업까지 시킬
수 있는 경제력까지 갖춰야만 이혼에 성공할 수 있다.

결혼은 아무나 하지만
이혼은 아무나 하는 게 아니다.
아무나 이혼을 잘할 수는 없다.
사랑이 사라진 후의 결혼생활.
그건 건강과 경제력을 무기로 한 파워게임이다.
여기서 병신 같은 여자가 의아해한다.
'웬 경제력? 남편 돈이 내 돈이고 우리 돈 아니야?'
아니다.
등기부등본상에 내 명의로 된 집, 내가 벌어서 꿍쳐놓은
돈, 내 친정 부모가 준 돈, 일정 수입이 보장되는 나의 직업.
딱 그것만 나의 경제력이다.

오늘 백화점 마트에서 긁은 남편 명의 통장과 연결된 카드
는 남편 거다. 내 지갑에 끼워져 있으니 쓸 수 있지만 엄연히
남편 돈이다. 내가 아는 못된 놈 하나는 전업주부인 아내에

게 화날 때마다 카드 내놓으라고 악을 쓴다. 지 거니까 내놓
으라는 거다. 지 거, 맞다.


파워게임의 기본 감정은 노여움이고,
무기가 없는 자의 노여움은 슬프다.
그 비감.
비참한 슬픔이 오래가면 최소 화병 최대 암으로 간다.
죽는다.


무기가 없어서 싸울 수 없는 쪽이 추구하는 평화는
오직 한쪽의 일방적 순종으로만 유지된다.
이혼이 두려운 사람이 굴종할 수밖에 없다.
자기 패를 다 내보인 사람과의 게임이 재미있을 리 없다.
사랑으로 위장했든 모성애로 위장했든, 굴종할 수밖에 없는
사람을 상대방은 함부로 취급한다. 전혀 조심하지 않는다.
왜? 그래도 되니까.
아주 좋게 말하자면…… 아주아주 편하게 군다.
오직 자기 편하게.


"경제력이 없는 여자는 남자의 노예입니다."


_김동길 박사, 페미니즘 열풍이 불던 1970년대 이대 특강에서


그렇다.

노예도 부유하고 너그러운 주인을 만나면 그 주인에게 소속되어 있는 동안은 행복한 생활을 할 수도 있을 거다. 그래도 노예는 노예다. 스스로 삶의 형태를 선택할 자유가 없으니.

한쪽이 다른 선택을 할 능력이 없어서, 이혼할 능력이 없어서 유지되는 평화로운 가정은 불행하다. 불행한 가정에서 불행한 아이들이 자란다. 부모가 서로 박이 터지게 싸워도 불안하지만 한쪽의 굴종에 바탕을 둔 위장평화도 불안하다. 그런 분위기의 가정에서 아이들은 딛고 서 있는 땅에 금이 가면서 서서히 갈라지는 것 같은 불안감을 느낀다.

사랑이 있어서 결혼하는 거지만,
그 사랑이 없어졌다고 이혼하는 건 아니다.
사랑의 생성과 소멸에 따라 결혼과 이혼을 반복한다면 모든 사람들이 일생에 적어도 열 번 정도는 결혼하고 이혼하지 않을까.
그게 가능한 사람들이 할리우드의 잘나가는 무비스타 혹은 스포츠스타다. 각자의 경제력이 대등하게 팽팽하니 가능한 일이다. 위자료, 양육비 등 액수가 워낙 크다 보니 드림팀 변호사들이 건마다 붙어 짭짤한 수입을 올린다.

암튼 모든 결혼은 불행하다.
모든 결혼이 불행하다는 건 모든 출산이 고통스럽다는 것과 같다. 산고를 겪어본 사람은 물론이고, 겪어보지 않은 여자나 남자도 출산이 고통스럽다는 사실은 안다.

대상포진의 통증이 "애 낳는 거보다 더 아프다"라는 남자의 말. 적어도 자연분만으로 애를 낳아본 경험이 있는 여자는 그 말 믿지 않는다. 출산의 통증이 상식이 된 걸 이용한 엄살이다.

출산의 어마무시한 고통을 알고 있었다 해도 막상 닥치면 무섭고 끔찍하다. 나도 무려 두 번이나 겪었다.

근데 어떤 산모도 "으악, 이게 뭐야. 통증이라니 통증이라니…… 이러려고 내가 임신했나" 하고 절망하지 않는다. 기질에 따라 악 쓰고 몸부림치는 형태는 달라도 견뎌내야 할 통과의례라는 건 다 안다.

모든 결혼이 불행하다는 것.
결혼생활의 기본 감정이 노여움이라는 것.
적어도 이건 알고 결혼을 선택한 사람과
사랑의 절정에서 그 사랑을 영속화한다는
드높은 기대치를 갖고 결혼을 선택한 사람.
두 사람 다 결혼하면 불행해지지만
그 불행의 질은 천지차이다.
전자는 예방주사를 확실하게 맞은 사람이라 증상도 가볍고 무엇보다 절망의 구렁텅이에 빠져 몸부림칠 일은 없다. 또 결혼 전에 정신적으로 재정적으로 만반의 대비를 해두었을 가능성도 높다. 혹, 대비가 없었다 해도 어떤 형태로든 해

결책을 찾아나간다.

　그런데 예방접종 없이 질병을 맞닥뜨린 경우는

　사망에 이를 수도 있다.

　장마가 왔다는 걸 알고 우산을 갖고 다닌 사람과

　해변에서 잘 놀다가 쓰나미로 죽은 사람과의 차이다.

　펼쳐 들 튼튼한 우산도 없는데

　맨몸으로 갑자기 소나기를 맞으면

　우선 눈을 뜰 수가 없다.

　반면 캄캄한 동굴에서도 횃불을 들고 있으면

　나아갈 길을 찾을 수 있다.

　일단 극도의 공포에서 벗어나

　머리를 찬찬히 굴리며 탐색해볼 수 있다.

　진실을 알면 막연한 고통에서 해방된다.

　자유로워진다.

　자유롭다는 건 자발적인 선택을 할 수 있다는 뜻이다.

　진실은 우리를 자유롭게 해준다. (Truth sets us free.)

　결혼의 진실을 알고 있으면 결혼의 불행에서 자유로워질
수 있다. 불행의 질곡을 벗어나 행복의 길을 찾아낼 수 있다.


　진실을 안다는 건 행복의 능력을 갖추는 것이다.

　어떠한 고통 속에서도 즐거움을 찾아내는 것이 행복의 능
력이니까.

모든 결혼은 불행하다.
그래서 어쩌라고?

그래서 준비하라고…….
예방백신도 맞고, 살이 튼튼한 우산도 준비하고.
국 끓어오를 때 거품을 조심스럽게 걷어내듯,
불행의 거품을 차분하게 걷어내고
다음 단계 레시피를 생각해보자고.

결혼식이 밀려드는 10월이면
여기저기 축가로 울려 퍼지는 노래.
〈10월의 어느 멋진 날에〉.
특히 가사 이 부분이 아름답다.

널 만난 세상 더는 소원 없어.
바램은 죄가 될 테니까.

아아, 그런데 결혼하고 노여움에 시달리면 가사가 이렇게
변한다.

너 없는 세상 더는 소원 없어.
죽임은 죄가 될 테니까. //

질투의
최진실……

사랑이
뭐길래

*Happy Women Spend,*
*Unhappy Women Write.*

// MBC 월화 미니시리즈 〈질투〉의 여주인 하경 역에 처음에는 김혜수가 캐스팅됐었다. 그런데 러브 드라마의 여주 배우들은 상대 남주 역이 누구인지에 엄청 신경을 쓴다. 남주인 영호 역에는 최수종이 미리 캐스팅돼 있었다.

그런데 김혜수는 〈질투〉와 거의 같은 시기에 시작되는 주말연속극 〈마포무지개〉의 남주 박상원의 상대역에도 캐스팅 제의를 받았다. 김혜수는 박상원을 택하여 주말 쪽으로 갔다.

박상원은 당시 〈인간시장〉, 〈모래시계〉의 히트로 급등주가 되어 있었고, 두 달(16회) 하는 미니시리즈보다는 여섯 달(50회) 하는 주말연속극이 김혜수에게는 더 좋았을 것이다.

게다가 〈질투〉 작가는 듣보잡인데 〈마포무지개〉 작가는 거장 이희우 선생님이니 오죽했으랴. 그리하여 하경 역은 최진실이 하게 되었다.

처음 가까이 본 최진실은
참 맑고 귀엽고 사랑스러운 인상.
내가 대본을 쓰며 그렸던
하경의 모습과 꼭 같아서 신기했다.

최진실은 첨 보는 작가 선생 옆에 바짝 다가오더니 눈을
맞추며 웃었다. 속으로 '어, 얘가 내 맘을 아나?' 하는데, "선
생님 쓰시는 향수, 디오리시모죠?"라고 첫 대사를 날렸다.
　생각지도 않았던 대사라 미소로 얼버무리는데, "저도 디오
리시모 쓰거든요~" 한다.
　당시 국민향수는 쁘아종이었다.
　일단 작가와 여주가 향수로 일치를 보았다.

근데 대본 첫 연습에서
최진실을 보고 완전히 놀라버렸다.
대본을 거의 보지 않고 모든 대사와 표정까지
다 외워서 연기하는 게 아닌가.
타고난 배우구나.
연기 천재는 따로 있구나.
가방끈 길이와 연기능력은 별 상관이 없구나.

흠이 있다면 복모음 발음을 잘 못한다는 것.
'회사'를 '해사'라고 하고 '죄가 많아'는 '재가 많아'로.
근데 그건 작가가 대사를 쓸 때 참작하면 다 커버되는 것

이었다.

여주 하경이는 신문사 주미 특파원의 딸로 뉴욕에서 고등학교를 마쳐서 말할 때 영어단어를 좀 쓰는 걸로 되어 있었다.

최수종이 이응경의 피자집에서 받은 기념품 앞치마를 하경에게 내밀면 하경이가 "에이프런?" 하며 받는 대사.

발음이 부자연스러워 여러 번 NG가 났다.

연출이 이제 그만 "앞치마?"로 가자고 했는데 최진실은 "한 번만 더 에이프런으로 가요. 제대로 해볼게요"라며 포기하지 않았다. 그렇게 계속 우기길 십여 차례.

결국 "앞치마?"로 끝났고 최진실은 그날 기진해 쓰러져 여의도 성모병원 응급실로 실려 갔다.

내 대본의 최진실 대사엔 복모음과 영어단어가 사라졌다.


〈질투〉의 주제가를 작곡한 최경식 선생이 작사는 반드시 작가가 해야 한다고 주장했다. 질투하는 최진실의 심정을 가사로 옮길 사람은 〈질투〉 대본을 쓴 작가밖에 없지 않겠느냐고.

그렇긴 한데……

주제가 멜로디가 담긴 테이프를 수십 번 돌려 들으며 노트에 똥그라미 갈매기 치며 끙끙댔다.

작사는 아무나 하나. 힘들었다.

최진실이 최수종을 똑바로 보며 지 성질대로 스트레이트로 말하는 거로 시작하자.

"넌 대체 누굴 보고 있는 거야.
내가 지금 여기 눈앞에 서 있는데
날 너무 기다리게 만들지 마.
웃고 있을 거라 생각하지 마."

여기까지 썼을 때 중학생 딸애가 내 책상으로 왔다.
"〈질투〉 노래 가산데…… 이렇게 시작하려구."
딸이 노트에 쓴 네 줄의 가사를 유심히 본다.
"죽이지?"
"……."
"별로야?"
"무슨 노래가사가 이래?"
"뭐라구?"
"넌 대체 누굴 보고 있는 거야…… 이거어. 엄마가 우리 야
단칠 때 쓰는 말이잖아~."
그런가?
그래도 이게 최진실의 진짜 마음의 소린데?

암튼 내가 이렇게 작사를 한 〈질투〉 주제가를 유승범이라
는 가수가 불렀고 그해 최고 인기가요로 길보드 차트 1위에
올라 거리 곳곳에 울려 퍼졌다.

이 〈질투〉 가사가 반말 가사의 효시라는 소리도 들었다.
그러니 딸이 무슨 노래가사가 이러냐고 한 것.

내가 알기론 그 노래를
제일 예쁘게 잘 부른 사람은 최진실이다.
극중 자기 마음을 그대로 쓴 가사니
대사 잘하듯 노래도 잘할 수 있었던 것 같다.
암튼 질투는 사랑의 증거다.

"으아~ 너 지금 질투하는구나!" 하는 즐거운 대사.
그건 "너 나를 사랑하는구나"라는 뜻의 이중대사다.
사랑이 끝나면 질투도 끝난다.

"하경이 이제 질투하지 않는대."
"뭐라구?"
"더 이상 질투하지 않는다아~. 사랑이 끝난 거지."
(의아) "엉?"
최수종과 작사가인 친구 윤철영의 대사다. (최수종 방 씬)

그렇다.
질투를 더 이상 하지 않는다는 건
마음이 넓어진 게 아니고 사랑이 끝난 거다.
그러니 바람피운 (것 들킨) 남편에 대한 부인의 감정은
질투가 아니고 격한 노여움이다.
결혼의 기본 감정인 노여움에 불까지 붙은 격노일 뿐,
질투의 불길은 결코 아니다.
질투의 불길은 사랑의 불길이니까.

한강변 고수부지.

하경과 영호, 악수하고 서로 등 돌리고 걸어간다.

걷다가 갑자기 돌아서서, 외치는.

영호: "하경아!"

하경: (돌아서며) "엉?"

영호: (간절하게) "가지 마. 너 가면 안 돼."

하경: (좋아서) "가지 말구 여기 있으라구, 너 옆에?"

영호: "응, 넌 내 옆에 있어야 돼. 나 이제 더 이상 질투하기 싫어."

하경과 영호, 마주 보고 달려와 와락 껴안는다.


드라마 〈질투〉의 마지막 회 엔딩 씬이다.

하경이 하와이에서 1년 연수받는 동안 사귄

남친 김응석과 집 앞에서 정답게

하와이식 인사하는 꼴을 영호가 보았던 것.

영호는 와락 버럭 질투를 느꼈다.

그건 영호가 하경을 사랑한다는 방증이다.

질투의 감정 자체는 쓰라리고 고통스럽다.

그래서 이제 더 이상 질투하기 싫다는 것이다.

아픈 거 싫으니까.

근데 그 아픈 질투가 사랑의 방증이니

Sweet Bitterness라고 할까?


드라마 〈질투〉는 그렇게 이리저리 썸 타던 두 사람이 드디어 사랑을 확인하는 포옹을 하는 것으로 일단 끝이 난다. 그런데 그 뒤에 그들은 어찌되었을까.

결혼? 어림없다.

동거? 글쎄다.

확실한 건 둘 중에 하나가 또 썸 타서 또다시 헤어진다는 것이다.

"서로를 잘 안다고 느꼈었지.
그래서 사랑이라 생각했어.
너무 멀지 않은 곳에 있어줘."

<질투>의 가사인데,
느꼈었지, 생각했어······
이렇게 시제를 과거형으로 쓴 것은
이미 사랑이 끝난 후, 즉 헤어진 후의 서술인 것.
떠나되 너무 멀지 않은 곳에 있어달라는 건 뭔가.
아직 사랑이 남은 쪽이 갖고 있는 헛된 미련이다.
어디 있건 뭔 상관인가, 날 사랑하지 않아서 갔는데.
나를 버리고 가신 님이 십 리도 못가서 발병 나기 바라는
아리랑의 심통 역시 헛된 미련이다.
발병 나면 병원 가지, 저한테 올까 봐?

엔딩 씬에서 잠시 격한 영호, 하경이 둘이서 저렇게 얼싸안고 난리쳐봐도 잠시 즐거웠다가 둘 중 누군가가 썸 타서

헤어진다. 〈질투 2〉가 나올 수도 나와서도 안 되는 이유다. 모든 연애드라마나 애정영화의 속편이 하나같이 실망스러운 이유다.

연애하고 있을 때
두 사람이 진정 행복하면
성공한 연애다. 연애의 성공이 결혼은 아니다.
근데 희한하게 그렇게들 생각한다.
드디어 결혼에 골~인했다 식으로 표현하는 거 보면.
그럼 결혼 안 하고 헤어진 연애는
노골이고 실패한 연애일까?

"이루지 못한 사랑에는 화려한 비탄이라도 있지만 이루어진 사랑은 이렇게 남루한 일상을 남길 뿐인가."

_은희경, 〈빈처〉, 《타인에게 말걸기》, 문학동네

사랑의 진실을 송곳으로 꿰뚫어서
때론 서늘하게 때론 유머러스하게 펼쳐내는
은희경 소설 속 명문장이다.
암튼 남루한 일상이든 화려한 비탄이든
사랑 속편이 화면에 나오면 시청자들은 꼴 보기 싫어한다.

사람들이 50, 60대 남녀의 사랑을 원숙하고 어쩌고 좋게 생각하면서도 막상 그 나이의 배우가 화면에 나와 연애하면 꼴사납다며 외면하는 현상과 비슷하다. 이해는 가는데 눈이 안 즐겁다는 것이다.

드라마 〈꽃보다 남자〉의 광팬이 40, 50대 아주머니들이었단 사실이 그걸 말해준다. 일본에서 더 유명해진 드라마 〈후유노 소나타(겨울연가)〉의 욘사마 광팬도 터프한 일본 재래식 남편을 둔 40, 50대 아주머니들이었다.

사람들이 화면에서 보고 싶은 건 그들이 지겹도록 잘 아는 현실이 아니다. 그들이 꿈꾸는 이상, 환상을 보고 싶은 거다. 찌질한 현실 말고……

고된 일상을 마친 저녁, 외출 안 하고 돈 안 들이고 집에서 즐기는 70분의 달콤한 위로, 이 공짜 힐링의 시간에 현실을 재인식하고 진리를 계몽받고 싶은 시청자는 없다.

나하고 드라마 〈애인〉을 같이한 이창순 피디가 최수종, 최진실이 부부로 나오는 새 드라마를 만들게 되었는데…… 근데 그 드라마 첫 회 프롤로그를 드라마 〈질투〉의 엔딩 씬으로 간다는 것이었다. '이렇게 사랑했던 최수종, 최진실이……' 해놓고 첫 씬부터 둘이 부부가 된 걸로 간다는 거다.

연속극의 생명과도 같은 첫 회 시청률을 위해 그 드라마 제작진이 끌어낸 아이디어였겠지만, 어이가 없었다. 그 질투하고 난리 치던 바로 그 두 사람이 결혼을 하였답니다……. 이렇게 간다고?

마치 드라마 〈질투〉 종영 무렵 시청자들의 제작 요청이 빗발쳤던 〈질투 2〉인 것처럼? 헐~~~.

둘의 결혼? 결혼생활?
저기요오~ 안 궁금하거든요~~.
내 예상대로 〈질투〉의 에필로그를 프롤로그로 사용한 그 드라마는 시청자의 외면을 받고 초라한 시청률로 막을 내렸다.

그럴 줄 알았다. 시청자들…… 하경과 영호의 우정, 사랑, 썸, 질투 등에는 같이 난리를 쳤어도 그들의 결혼 여부나 결혼생활엔 관심 무인 것이다.

결혼한 부부가 알콩달콩 사이좋게 살면 짜증난다.
그렇다고 티격태격 싸운다? 더 짜증 난다.
왜 싸우는데? 이혼하지?
이혼이 더 이상 뉴스도 아닌 세상.
요새 집집마다 이혼 커플 없는 집 없다.
실제 이혼도 시시한데 작중 이혼은 더 흥미 없는 거다.

"선생님……, 저 오늘까지 하경이로 살아서
정말정말 행복했어요."
마지막 스튜디오 촬영을 마치고 한 〈질투〉 쫑파티.
최진실이 내 옆으로 다가와 앉으며 한 말이다.
"그래요오~."

행복한 여자는 글을 쓰지 않는다

"내일부터 하경이로 살지 않는다는 게
도저히 실감이 안 나요."
거의 울 것 같은 얼굴이었다.
그렇구나.
얘는 하경이 역을 한 게 아니라 아예 하경이로 살았구나.
사실은 쓰는 내내 내가 하경이로 살면서 최진실의 연기를
보며 대리만족을 느꼈었는데…….

친구들은 하경의 엄마인 소설가 성희(김창숙 분)가 나 아니
냐고 했지만 천만에. 하경이가 나였다. 하경이가 나라고 생
각하며 행복했다. 최진실처럼.
작가이자 강사라는 자기 직업이 있고 딸과 친구처럼 대화
하는 엄마. 내 이상의 엄마였다.

자기 일도 갖지 않고(애들 교육에 올인하려고?) 자식을 24시
간 감시하는 간수 같은 엄마. 자식 성적이며 석차 등락에 일
희일비하는 무서운 헬리콥터맘. 나는 엄마가 넘 싫었다. 나를
위해서라지만, 나 잘되길 바라서라지만 전혀 안 고마웠다.
하경이처럼 무엇이든 같이 얘기할 수 있는 엄마를 갖고 싶
었다. 연애도 이혼도 남자친구도 일도 반찬도 돈도…… 다
터놓고 맘껏 얘기할 수 있는 엄마를 갖고 싶었다.
그래서 소설가와 여행사 직원인 성희와 하경 모녀 얘기를
쓸 때 너무 행복했다. 이런 게 작가의 행복이다.
그런데 연기자들도 자기가 이상으로 여기는 역을 맡으면

행복하구나. 아니, 그 역을 맡는 게 아니라 내내 그 역 속에 사는구나.

"내일부터 하경이 아닌
딴사람으로 살아야 한다는 게 참 싫어요."
'내일부터' 찍는 건 최민수와 함께한 영화 〈미스터 맘마〉였다.

그 무렵 최진실은 ○○ 오빠를 몹시 사랑하고 있었다.
쫑파티장 구석에서 단발머리를 한 장신의 남자가 살짝 내게 손 인사를 한다. 코엔 형제의 영화 〈노인을 위한 나라는 없다〉의 살인마 하비에르 바르뎀 같은 섬짓한 단발. 매니저 배병수다.
소속 연기자들의 일거수일투족, 사생활까지 철저히 관리하는 걸로 유명했다. 최진실은 그 나이 미혼 청춘들이 마음껏 누리는 연애의 자유를 박탈당하고 있었다. 그래서인지 촬영장에서도 카메라가 돌아가지 않을 때의 최진실 표정에는 어딘지 그늘이 져 있었다. '또자'라는 별명이 붙은 최진실의 쪽잠은 그냥 눈 감고 견디는 거 아니었을까.

"남자는요, 여자 하기 나름이에요~."
이 깜찍한 카피로 일약 광고계의 요정으로 떠올랐던 최진실. 이 삼성전자 CF를 비롯해 드라마, 영화에서 딱 떨어지는 최진실의 배역을 귀신같이 따온 것이 바로 배병수였다.
김혜수가 거절했던 〈질투〉의 하경 역 역시 매의 눈으로 업계를 두루 훑은 배병수의 재빠른 선택이었다. 그는 유능한 매니저였고 자기가 필요한 사람들, 그러니까 피디나 작가, 제작자에겐 참으로 매너 있게 굴었지만 연기자들에 대한 인간적인 존중은 전혀 없는 사람이었다.

내가 〈질투〉를 끝낸 후 KBS 주말연속극 〈연인〉의 여주 희경 역으로 최진실을 생각하고 배병수에게 전화했을 때 배병수의 매너 있는 거절 멘트가 이랬다.

"아아~(탄식) 몰랐네요. 최 선생님께서 KBS 주말 쓰시는 거 알았으면 기다렸을걸. MBC 월화 〈폭풍의 계절〉에 김희애랑 투톱으로 계약을 해버렸네요. 아~ 며칠 전에만 알았어도 제가 선생님께 전화부터 올렸을 텐데…… 정말 아섭습니다. 주말 원톱이 훨씬 좋은데……."

〈질투〉 캐스팅할 때 김혜수가 상대역을 보고 〈마포무지개〉로 옮겨간 것처럼 최진실은 대본이나 상대역을 보고서 출연 작품을 선택할 수 있는 처지가 전혀 아니었다. 그건 배병수라는 매니저가 연기자에 대한 존중이 없었단 걸 말해준다. 존중이 없는 정도가 아니라 여러 사람 있는 데서 연기자 쪼인트 까고 마구 때리는 걸 봤다는 사람도 있었다.

저러니 누가 최진실을 좋아한들 배병수 무서워 어디 데이트 신청이나 할 수 있었겠나. 최진실이 꽤 좋아했던 ○○ 오빠도, 이 머시기라는 배우도 저렇게 채찍 휘두르는 서슬 퍼런 조련사를 통과해서 최진실에게 접근하긴 어려웠을 것이다. 배병수 몰래 어찌 해보려다가도 혹시 자기 일에 악영향이 미치진 않을까 걱정되지 않았을까.

살아간다는 것이 사랑한다는 것보다
더 중요한 게 현실이니까.
드라마에선 그 반대지만.

드라마는 꿈이고 이상이지
현실 자체는 아니다.

최진실도 그렇지만 연기자들은 대개 내성적이고 감성이 풍부하다. 대부분 정에 약하고 여리다. 연예인 등쳐먹는 사기꾼들은 꼭 연기자의 이런 성정을 이용한다.

그리고 항상 선택을 받아야만 하는 위치에 있기에 연예인들은 나대지 않고 늘 주변을 살피며 조심한다. 톱스타가 되면 태도가 달라지지만……. 그 경우 "어쭈, 많이 컸네"라는 비아냥거림을 듣는다.

'나 키웠단 넘들이 왜 이리 많아~.' 속으로 그럴지언정 겸손한 태도를 유지하며 계속 노력하는 현명한 연기자도 있다. 그런 연기자는 이 말 많은 동네에서 신뢰를 얻어 장수를 누린다.

남자 배우들은 그동안 모은 돈과 신뢰를 바탕으로 제작이나 연출에 뛰어들기도 한다. 늘 선택을 받아야 하는 입장에서 선택을 하는 입장이 된다는 것. 그야말로 모든 연기자의 로망이다.

여자 도둑 영화 〈오션스8〉에서도 막판 협조로 한몫 두둑이 챙긴 연기자 앤 해서웨이가 하는 일이 영화감독 일 아니던가. 촬영 중 감독의자에서 벌떡 일어나 배우에게 빛의 속도로 달려가는 그녀. 배우의 연기에 대해 엄청 지적질(자기가 수없이 당했던)을 하고 돌아서며 씩 웃던 컷이 떠오른다.

연예인 매니지먼트를 꿈꾸며 배병수 밑에서 로드 매니저로 일하던 스물한 살의 청년이 공범과 함께 배병수를 살해했다.

그런 폭군형 '미다스의 손' 없어도
이미 최진실의 일감은 넘쳐났다.
'이제 최진실도 마음껏 연애할 수 있겠구나' 싶어
안도의 한숨이 나왔다.
30대에 접어든 사람에게
직업적 성취 다음으로 가장 중요한 게 연애인데…….
진실아~~
10대 땐 혹독하게 가난하여, 20대엔 무서운 조련사 밑에서
눈치 보느라 못했던 '자유로운 연애'.
너의 청춘의 권리.
이제는 제발 마음껏 누려라. 훨훨 날아다니며…….

그런 심정이었다.


"최진실 누나 얼굴 한 번만…… 진짜진짜 보고 싶어, 엄마."
내 절친 소영미의 아들, 현우의 말.
백혈병 말기로 무균실에 누운
아홉 살 남자아이의 소원이었다.
나는 최진실에게 전화를 걸었다.
전 같음 배병수에게 해야만 했을 전화였지만.
최진실 누나는 지체 없이 여의도 성모병원 11층
소아백혈병 환자 무균실로 달려와주었고,
최진실 누나 실물을 진짜로 본 현우의 얼굴은 환해졌다.
현우는 믿을 수 없는 듯 눈을 비볐고
진실이 누나가 다정하게 손을 잡으며
"현우야아~ 안녕?" 하자 크게 웃었다.
카메라 든 내 친구 영미는 울고.


  그날 현우의 무균실뿐 아니라 소아백혈병 환자 병동 전체
가 최진실로 인해 축제장으로 변했다.
  "으악! 최진실이 왔어? 진짜진짜?"
  간호사, 의사도 몰려들었다.
  진실이는 마스크 쓰고 중무장한 아이들 이름을 하나하나
부르고 손을 잡아주었다. "꼬옥 나아서 나랑 놀자~ 약소옥
~?" 하며 일일이 사진을 찍도록 포즈를 취해주었다.

그리고 병원을 떠나면서 따라 나온 내 친구에게 되게 머뭇거리며 봉투를 하나 내밀더라고. 친구가 난리 치며 사양하니 "급히 오느라고 선물도 못 샀어요. 이거 너무 쪼끔인데 받아주세요, 어머니" 하더라고. 그 쪼끔은 만 원짜리 스무 장, 20만 원이었고 내 친구는 최진실의 광팬이 되어버렸다.

정말 착하고 고마운 진실이,
제발제발 잘되면 좋겠어.
배우론 이미 톱이니
좋은 남자 만나 행복하게 살았음 좋겠다고 되뇌었다.

착한 최진실은 그 뒤에도 작품 하나 할 때마다 아무도 모르게 극빈 아동들의 개안 수술비를 냈다.

그리고 드디어 드디어 처음으로 자유로운 사랑도 하게 됐다.
요미우리 자이언츠의 스타 투수 조성민이 서울로 와 방송국 예능프로에 출연해 최진실이 자기 이상형이라고 밝힌 것.
드라마 〈질투〉가 한창 방영 중이었을 때 조성민은 열아홉 살 고려대 1학년. 대학 신입생인 조성민 방이 다섯 살 연상 최진실 누나 사진으로 완전 도배가 되어 있었다고.
최진실 역시 수려한 용모의 야구스타 조성민에게 한눈에 반했다. 최진실에겐 나이 서른이 되어 비로소 본인이 자유롭게 선택한 그야말로 첫사랑이었다.
당시 조성민의 인기는 일본 여자들 사이에서도 하늘을 찔렀다.

두 사람은 서울과 동경을 훨훨 날아다니며 마음껏 사랑했고
하얏트호텔에서 화려하게 결혼식을 올렸고
두 아이를 낳았고……
그리고 이혼했다.

마음껏 나누고 누린 사랑
그리고 그 사랑으로 한 결혼…….
그 이후의 수순은 너무나 흔하고 뻔하고 똑같다.
톱스타라서 유난스레 알려져 그렇지
어차피 모든 결혼은 불행하다.

이혼으로 끝난 결혼이어서 불행한 게 아니다.
이혼으로 끝낼 수 없는 결혼은 더 불행하다.

최진실 역시 수많은 여자들처럼
사랑의 결실, 사랑의 성공으로서
결혼에 큰 의미를 두었다.
결혼하고 둘이 죽을 때까지 사랑하고
아이 낳아 끔찍이 사랑하는
행복을 꿈꾸었을 것이다.

대충 '성격 차이'로 불리든,
돈 문제든,
둘 중 누군가 먼저 타는 썸이든,

둘 중 하나의 실직이나 병이든
결혼생활이 불행해지는 요소는 반드시 있다.
어떤 결혼도 예외가 아니다.

남녀의 사랑이 영원하다고 생각하는 사람은
이제 아주 드물다.
문제는 사랑은 영원해야 한다고 믿으며
또한 영원히 변치 않는 사랑만이
진실한 사랑이라고 생각하는 사람들이다.
그리고 그 영원하고 진실한 사랑을 굳게 맹세하는
성스러운 의식이 결혼이라고 믿는 사람들.
그들에게는 극도의 불행이 보장되어 있다.
최진실이 바로 그런 사람이었다.

사랑의 절정 상태에서 주위의 온갖 반대를 물리치고 결혼
한 만큼 결혼한 후에 사랑이 끝날 수도 있다는 건 상상조차
할 수 없었을 것이다. 그런 건 있을 수도 없고 있어서도 안 되
는 일이었겠지.

장마철일지라도 내 사랑의 하늘에선
비가 내릴 수 없고 내려서도 안 된다며
우산 없이 걷다가 소나기를 된통 맞는 꼴이다.

우산 사서 쓰거나 택시를 타거나 어딘가로 들어가거나 집

에 가서 따뜻한 욕조에 들어앉거나 샤워 시원하게 하면 된다. 어떻게 비가 올 수 있냐며 주접떨며 울어대면 미친 거다.

최진실은 자신이 아버지 없이 자라서 유난히 아버지라는 존재에 집착했다. 이혼 후 재혼한 조성민에게 두 아이의 아버지 역할만은 신신당부할 만큼. 그런 걸 부탁하다니. 거야, 조성민이 알아서 할 일이지. 그건 이혼한 여자가 부탁할 문제도 아니거니와 조성민이 재혼한 여성에게도 실례다.

혼자서도 두 아이를 잘 기를 수 있는 충분한 애정과 재력을 갖추고 있겠다, 중견 연기자로서 CF모델로서 일하고 돈 벌고 취미생활도 즐기고 새로운 연애에도 몰입했다면 얼마나 행복했을까.

최진실이 오해했듯 아버지가 있다고 해서 아이가 행복한 건 아니다. 아버지가 없다고 아이가 불행해지는 것도 아니다. 중요한 건 '어떤 아버지인가, 아이를 존중하고 한없이 신뢰하고 칭찬하고 격려하는 좋은 아버지인가'이다.

행복한 아버지만 아이를 행복하게 한다. 꼭 생부여야만 하는 것도 아니다. 아이를 존중하지 않고 훈육이라며 자기 기분 따라 야단치고 사랑의 매라는 이름으로 폭행하여 아이를 망가뜨리는 그런 나쁜 아버지. 그런 아버지는 차라리 없는 게 훨~ 낫다.

무조건 아버지가 있어야만 아이들이 행복하다는 생각.
극히 짧고 얕고 위험한 생각이다.
생부가 없으면 아이들이 불행해진다는 생각,
역시 잘못이다.

최진실은 그런 잘못되고 위험한 생각을 모성애의 발로로
착각한 것 같다. 끝난 사랑에 미련을 갖는 건 정말 미련한 짓
이다. 끝장난 결혼의 전 상대에게 부성애를 당부하며 상대의
과오를 질책하고 원망하는 건 정말 어리석은 짓이다.

사랑은 빛나는 크리스털처럼 맑고 투명하고 아름답지만
단 한 번의 큰 실수, 폭언, 폭행에도
와장창 부수어져 파편이 된다.
미안하다고 잘못했다고 다시는 안 그러겠다고 하면
사랑이 회복될까?
크리스털 파편이 접착제로 이어질까?
어림없다.
다 끝난 것이다.
깨끗이 쓸어 담아 버릴 일만 남았다.

"사랑은 미안하다고 말해야 할 일을 절대로 하지 않는 거야."
Love means never having to say you are sorry.

_영화 〈러브 스토리〉 중에서

자막용으로 글자 수를 줄이려 했는지 이 문장이 '사랑은 미안하다고 말하지 않는 거야'로 오역되어 '사랑한다면 미안하다고 말할 필요 없다'라는 어이없는 뜻으로 시중에 돌아다녔다. 영화 자막에 오역이 많던 50년 전 얘기다. 하긴 미안하다고 말할 필요 없다는 게 맞다. 폭언이나 폭행 단 한 번으로도 사랑은 이미 끝장난 것이니.

사랑한다면 미안하다고 사과해야 할
행동 자체를 절대 안 한다.
"미안해"라고 말한다면
헤어질 시간이 다가온 것이다.

'사랑이 뭐길래.'
김수현 선생님의 히트 드라마 제목이다.
'뭐길래?'에 답해보겠다.
유리 같은 거라고…….
아름답지만 잘 깨지고 일단 깨지면 버려야 하는.

금은 깨져도 금의 가치를 지니지만
유리는 깨지면 아무 가치가 없다.
버려야 한다. 것도 조심해서.
잘못하면 손 다친다.

사랑의 반대는 증오가 아니고 무관심. 최진실은 저 싫다고 떠난 남자를 완전히 잊고 그에게 완전 무관심했으면 좋았을 것이다. 천재 연기자로서 자기 일 즐기고 두 아이를 존중과 칭찬과 격려 속에 키우며, 새로운 사랑을 만나 다시 행복할 수 있었을 것이다. 누군가를 사랑하고 있었다면 최진실은 자살 같은 거 절대절대 하지 않았다.

버킷리스트였던 최진실 누나 만나보기를 마치고 하늘나라로 간 현우가 "으아~ 최진실 누나가 여길 왔네!" 하며 깜짝 놀랄 일도 없었을 것이다. //

애인의
조건,

아무나          애인 되는 거
             아니다

*Happy Women Spend,*
*Unhappy Women Write.*

// 1. 외모가 이성의 눈을 끌 수 있는 정도는 될 것.
2. 전문직을 가졌거나 적어도 자립할 수 있는 경제력이 있
   을 것.
3. 예술이나 스포츠에 조예가 있을 것.
4. 결혼해 있을 것.
5. 자식이 있을 것.

이 다섯 가지가 일본에선 공개적으로,
한국에선 은밀하게 통용되고 있는 애인의 조건이다.
'4번, 5번이야 쉽지' 하겠지만 천만에!
1번, 2번, 3번을 충족하고 나서 4번, 5번이니 만만찮다.

1번이야 당연히 즐거움을 위한 거고 2, 3번은 대등한 수
평관계에서 풍부한 화제로 대화를 즐기기 위한 것이고 4,
5번은 한 번으로도 충분하고도 넘치는(Once is more than

enough!) 결혼인데 재혼을 위한 이혼을 고려할 여지가 없도록 하기 위함이다. 각자가 결혼에 필연적으로 따르는 노여움을 나름대로 견디고 있고, 또 각자에게 자신의 무한존중과 격려와 칭찬을 필요로 하는 소중한 자식이 있다는 연대감도 생긴다.

황신혜, 유동근 주연의 MBC 미니시리즈 〈애인〉이 방영되자마자 애인이라는 단어가 유행어가 되며 엄청난 화제를 불러일으켰다. 신문의 불륜 사건 기사에서도 그동안 써왔던 내연관계니 하는 말 대신 애인이라는 단어가 사용되었다.

강남에 애인 없는 유부녀가 없다는 둥 근거 없는 '카더라' 통신은 남자들의 쌍심지를 돋웠다. 당시 낙동강 페놀사건이 큰 논란이 되었는데 급기야 국회에서 어느 의원이 드라마 〈애인〉이야말로 페놀보다 더한 공해라는 발언까지 하며 드라마 시청률을 올려주었다. 안 그래도 괜찮았던 시청률을……

암튼 드라마작가에겐 지구상에서 한국만큼 즐거운 나라도 없다. 일본, 미국 등 외국에선 연속극 하면 일주일에 한 시간씩 12회 정도인데 한국은 일주일에 이틀 연속 두 시간을 두 달 하는 16회가 '미니'시리즈니 말해 뭐할까.

'맥시'는 일주일에 이틀 연속 두 시간씩 여섯 달에서 8~9개월까지 50, 60회는 해야 하는 연속극이고, 일일연속극이라면 주말 빼고 매일 30분씩 닷새를 6개월에서 8~9개월까지 120회에서 150회는 해야 하니.

이런 나라는 지구상에 없다. 발리우드로 유명한 인도가 영화 천국이라면 한국은 드라마 천국이다. 게다가 드라마 얘기를 넘넘 좋아한다. 특히 여성들이. 카페에서 찜질방, 사우나에서 당시 인기 있는 드라마는 반드시 화제에 오른다.

연속극 대본회의. 어떻게 하면 수건으로 머리 싸맨 아줌마들 수다의 화두가 되느냐. 이걸로 머리 싸맨다. 아줌마들이 모여 앉아 남주, 여주가 어찌 될까 궁금해해야 한다.

드라마 〈애인〉이 한창 방영되고 있을 때 카페나 사우나에 모인 여자들 곁에 앉아 이야기를 듣는 재미가 엄청 쏠쏠했다. 그들은 배우들 얼굴이야 훤히 알아도 작가 얼굴은 모르니…….

"〈애인〉 쓴 작가 말야. 최연지. 틀림없이 애인 있을 거야. 자기가 경험 안 하곤 그렇게 실감나게 쓸 수 없는 거야."

"그러엄, 도사겠지."

근데, 이런 말 하는 사람들은 전혀 경험이 없는 사람들이다. 그러니 드라마 속 혼외 연애 상황이 실제와 같다고 말하는 거다.

"아니야, 그 작가? 전~혀 경험 없어. 수운~ 상상으로 쓴 거야. 그러니까 황신혜, 유동근이 호텔도 드나들지 않고 이바구만 하지."

"맞아. 말도 안 되지. 호텔이라고 선금 내고 들어갔다가 옷도 안 벗고 그대로 나오고……. 그런 게 어딨어. 애들도 아니고."

앗, 이건 진짜 경험자⋯⋯. 고수 내지 도사들 얘기다.

어쨌든 자기가 쓴 드라마가 사람들 입에 오르내리고 열띤 공방거리가 된다는 것. 작가로선 참 기분 좋은 일이다.

드라마가 아무 반응 없고 조용~한 것처럼 작가에게 슬픈 일은 없다. 욕을 먹더라도 제발 화제에 올랐으면 하는 심정도 있다.

자기가 쓴 드라마가 매일 방영되고 있는데
방송국에서 만난 지인 왈,
"작품 언제 나와요? 넘 오래 쉬시는 거 아니에요?"
이런 사려 깊은 인사를 받은 작가도 있다.

그런데 기혼자가 이혼할 의사 없이 '바람'만 피우는 대상이 다 애인인 건 아니다. 묻지 마 관광, 등산 동호회, 각종 모임에서 벌어진 우발적 원 나이트 스탠드의 섹스파트너, 생계형 혹은 비생계형 제비가 애인은 아니다.

기혼자의 혼외 섹스 상대를 애인이라 부르면, 성매매나 성추행 대상도 애인인가. 그건 말도 안 되는 소리다.

애인愛人⋯⋯. 사랑 애, 사람 인.
사랑하는 사람이라는 단어에 대한 모독이다.

사랑과 섹스는 겹칠 때도 있지만
서로 관련 없는 별개란 걸 모두 알지만
그렇다고 기어이 말하기는 다들 꺼린다.

혼외의 자식이 자식 아닌 게 아니라
똑같이 소중한 자식이듯
혼외의 사랑도 사랑 아닌 게 아니라
똑같이 소중한 사랑이다.

사랑이기 때문에 물론 한시성을 띤다. 당연히 시한부다.
즉, 생로병사, 생겨서 머물다 뭉개지고 사라지는 성주괴공成
住壞空의 과정을 벗어날 수 없다. 제아무리 애인의 조건 다섯
가지를 다 충족해도 그 사랑의 기간은 길어야 1년이다. 모든
사랑이 그렇듯이.
그렇다고 해서 바람피우는 남편을 둔 대부분의 아내가 생
각하듯 남편이 아내에게로 돌아오는 건 절대 아니다. 돌아오
는 건 그냥 몸뚱이일 뿐. 사랑은 아니다.

사랑은 돌아오는 법이 없다.
빽(후진)도 유턴도 안 되고
오로지 전진만 할 수 있게 되어먹은 구조의 차량.
그게 사랑이다.
잠시 멈출 수는 있어도 후진하거나 유턴하지는 않는다.

"남녀 간의 사랑은 당연히 영육 공히 사랑이다.
육체적 접촉만이 사랑이 아니듯
정신적 교류만도 사랑이 아니다."

_극작가 이상현

그러니 단지 섹스파트너라면 애인이 아니고
이른바 플라토닉러브도 러브가 아니다.
짝사랑이나 추모가 사랑이 아니듯.

혼외의 사랑을 법, 관습, 도덕, 윤리에 어긋난다고 하여
불륜이라고 한다.
하지만 '불륜이기에 사랑도 아닌 건' 아니다.
사랑이다.
사랑이기에 아름답고 안타깝고
그리고 짧다.

그러니까 드라마 〈애인〉이 불륜을 미화했다고 비난하는
사람들도 그것이 사랑이라는 걸 인정했다는 뜻이다. '사랑도
아닌' 불륜은 추해야 마땅한데 작가가 미화했다고 말한다는
자체가 결국 아름답다고 느꼈다는 거니까.

〈애인〉 기획 때부터 방영 기간 내내 꾸준히 내게 정신적
성원을 보내주었던 고교 후배 조배숙 판사(지금은 국회의원).

〈애인〉쫑파티에서 마이크 잡고 딱 한마디 했다.

"사람은 일생 동안 사랑을 하면서 살아갑니다."

내 옆자리에 앉았던 MBC 이득렬 사장(시청률 높고 화제가 되었던 드라마 쫑파티엔 방송사 사장이 꼭 참석한다)이 빙긋 미소 지으며 내게 말했다.

"참으로 공감이 되는 말이네요."

일생 동안 사랑을 한다…….

일생 동안 한 사람만 사랑한다는 말 물론 아니다.

일생 동안 한 사람만 사랑'해야 한다'는 말은 더더욱 아니다.

혼외의 사랑 역시 영육 공히(영혼과 육체가 함께) 사랑이다.

존 레논이 오노 요코에게 보낸 연가 〈Love〉.

그 첫 가사가 'Love is Real'.

사랑은 실제다.

실제란 현실이라는 의미.

사랑이 꿈이나 이상, 환상이 아닌

실제라는 뜻이다.

Dream, Ideal, Fantasy의 반대 의미로

Real이라고 한 것이다.

이상현 선생님 말씀대로

영육 공히 사랑은 실제다.

그래서

Love is Touch.

사랑은 육체적 접촉이고

Love is Knowing.

사랑은 정신적 소통, 즉 서로를 아는 것이다.


존 레논은 사랑의 진실을 아름답고 정확하게 노래했다.

이 노래에 오노 요코는 이렇게 화답한다.

'혼자 꾸는 꿈은 단지 꿈일 뿐이지만

함께 꾸는 꿈은 현실이 된다.'

혼자 하는 사랑은 꿈에 불과하고

둘이 하는 사랑은 현실(레알, Reality)이라고 한 것이다.

당시 유부남 유부녀였던 두 사람.

존 레논과 오노 요코.

이 둘은 〈애인〉의 운오와 여경처럼 애인의 조건 1, 2, 3, 4, 5에 다 해당되는 애인이었다. 혹자는 세 사람은 다섯 가지 조건에 다 해당된다는 거 알겠는데 '오노 요코는 1번이……??' 라고 할지도. 좋게 말해 가오리 같은 얼굴…… 결코 미인은 아니다.

지금은 그야말로 지구촌시대가 되어 그런 환상이 없는데, 동양 여자들이 보면 전혀 예쁘다고 생각되지 않는 동양 여자를 서양 남자들이 너무나 아름답다며 난리 치는 경우를 종종 보았다.

주변에서 흔히 보지 못하던 동양 여성에 대한 신비감, 이

국적인 매력에 더해 영어로 소통할 수 있다는 신기함까지, 그런 게 합쳐진 것 같다. 존 레논과 오노 요코가 한창 연애하던 1960년대 후반, 그러니까 50년 전엔 그랬다.

나를 비롯해 50년대에 서양 인형을 갖고 놀던 한국 여자들은 서구적 얼굴이 이상이었다. 그러니 가로로 찢어진 작은 눈이 박힌 넓적한 얼굴이 평범 내지 못생긴 얼굴로 보이는 것이지만 50, 60년대 서양 남자에겐 신비한 매력을 가진 미인으로 보이기도 했을 것이다.

내 눈에 광대뼈에 가오리 얼굴이든 어쨌든
당시 일본 유부녀 오노 요코는
영국 유부남 존 레논의 애인이었다.
그래서 레논의 〈Love〉는 그냥 '연가'가 아니라 '청혼가'다.
'Love is Reaching. 사랑은 손에 닿는 것.
Love is Living. 사랑은 같이 사는 것.'
이 가사처럼 두 사람은 각각 이혼을 하고 결혼을 했다.
한때 서로 사랑했던 존과 요코.
결혼 후 아들 션을 낳고 계속 같이 예술작업을 했고
또 각각 썸을 타고 격렬히 싸웠다.
이 세상 모든 결혼생활이 그러하듯.

오노 요코는 비틀즈 해체에 지대한 공헌을 하여 비틀즈 팬들의 원성을 샀다. 존 레논이 비틀즈 광팬의 총에 맞아 살해되었을 때 오노 요코는 옆에 있었다. 이 세상 모든 결혼은 이혼이나 한쪽의 죽음으로 끝난다. 이들의 결혼은 존 레논의 죽음으로 끝났다. 이들의 사랑은 그 훨씬 이전에 끝났고.

32세의 영국 작곡가 엘가가 아홉 살 연상의 연인 엘리스에게 보낸 연가인 〈사랑의 인사〉 역시 존 레논의 〈Love〉만큼 아름답고 감미롭다. 예술가에게 사랑의 감정이나 사랑하는 사람은 예술적 영감의 원천이다. 쇼팽의 주옥같은 피아노곡들도 그가 짧은 생애 동안 차례로 사랑했던 여성들, 콘스탄티아, 마리아 보진스카, 조르주 상드를 빼고는 상상할 수 없듯이······.

'Love is You, You and Me.'

청혼가 〈Love〉 가사의 클라이맥스다.

역시 사랑, 연인, 예술은 분리될 수 없는가 보다.

적어도 사랑을 하고 있는 그 짧은 순간만큼은.

그러나

그 사랑은 반드시 녹슬거나 바래고

그 연인은 반드시 떠난다.

반면 그렇게 잠시 머물다 사라진 연인과의 사랑이 영감을 제공해주었던 그 예술작품은 오래오래 남아서 우리의 갖가지 상처를 보듬어주고 눈물을 닦아주고 그리고 시간도 잊게 만드는 즐거움의 나라로 우리를 데려간다.

'영육 공히' 사랑의 기간은 짧다.

길어야 1년이다.

사랑의 감정을 1년 이상 계속적으로 느꼈다는 건

오르가즘이 한 시간 이상 지속되었다는 말만큼이나

비현실적이다.


그러니 남편이 바람을 피운다, 아내가 바람을 피운다?

대놓고 그러는 건 이혼하자는 제의지만

몰래 아주 조심스럽게 그러는 건

이 결혼생활을 지속하고 싶다는 뜻이다.

뻔뻔하고 가증스럽다고?

부도덕한 기만, 배신이라고?

당연히 그렇게 생각될 수 있다.

그렇게 비난할 수 있다.

근데 그 역시 그 사람의 선택이다. 그렇게 선택을 한 것이다. 결혼은 그냥 유지하기로……. 그러니 몰래 하는 것이다. 재수 없어 들키는 게 문제지만. 드라마에서 사위의 외도에 장모가 거품 물고 외치듯 '내 딸의 영혼을 죽이는 행동'은 아니다.

영혼은 그런 일로 살고 죽지 않는다.


내가 이혼할 생각이 아니라면 혹은 이혼하기에 불리한 시점이라면 모르는 척 내버려두는 게 상책이다. 그대로 두면 얼마 안 간다. 원 나이트가 아닌 여러 나이트 스탠드의 섹스 파트너일 가능성이 크고 사랑일 가능성은 희박하다. 바람 당사자, 그리고 상대방 둘 다 애인의 1, 2, 3, 4, 5 조건을 갖춘 경우는 많지 않으니까. 그리고 사랑이라 해도 어차피 오래 안 간다. 길어야 1년이다. 사랑이니까.

그러니 열 일 제치고 숨 가쁘게 달려와서 "많~이 망설였지만 널 위해선 말해줄 수밖에 없다"면서 배우자의 불륜을 알려주는 사려 깊은 친구에게는 "고맙다. 처리하겠다" 정도로 말하고 돌려보낸 후 무시하는 게 좋다. 격노하여 치를 떨면서 그 친구를 만족시켜줄 필요까진 없다.

당신의 불행을 기뻐하고 있는 친구.
당신의 행복을 질투하고 있는 친구다.
친구 아니다.
그런 인간은 멀리할수록 좋다.

"댁에 남편 건사나 잘 하세요."
쌍팔년도 드라마에서 물컵질 당한 첩의 대사.
다음 수순은 귀싸대기와 옥수수 뽑기.
60년대 흑백화면이면 장소는 첩의 집이 되고,
본처가 떡대 좋은 친정 언니나 이모 정도와 함께 몰려온다.
일단 살림, 차, 부순 후 쪼인트 깐 첩의 몸에 올라타고 옥수수를 털어댄다.

요즘은 첩 집이라는 말 자체가 성립되지 않지만, 있다 해도 주거침입과 폭행죄로 입건될 일이다.

근데 남편 건사, 남편 관리라는 게 가능한 걸까.
두 눈, 두 발 달린 짐승의 건사는 불가능하고 불필요하다.
한 번도 바람 안 피운 사람은 있어도
(한 번도 안 들켰단 뜻이다, 물론)
한 번만 바람피운 사람은 없다는 말은 맞다.

배우자의 외도는 관리나 건사의 문제가 아니다. 결혼으로 서로 상대방을 관리, 감독할 권한을 갖게 되는 건 아니다. 근데 그렇게 착각들을 하여 불행을 추가한다. 안 그래도 불행한 결혼생활에…….
배우자 관리, 감독할 시간에 운동과 독서를 하고 자신의 경제적, 사회적 능력을 업그레이드하는 데 집중하는 게 좋다. 배우자를 의심하며 적발할 길 연구할 시간에 팔굽혀펴기를 하면 건강에도 좋다. 자신의 능력을 업그레이드하는 과정에서 행복을 느낄 수 있다. 배우자 없어도 충분히 행복하고, 아이들도 혼자서 잘 키울 수 있단 자신감이 생긴다.

고무신에 이왕 붙은 껌,
억지로 떼려 하면 떼어지지도 않거니와 손만 더러워진다.
껌과 함께 유령 고무신 취급하는 게 좋고
그게 안 되면 그냥 고무신째로 버리는 게 좋다.

고무신에게도 껌에게도…….
결혼생활은 이혼이 두려운 쪽에 절대 불리한 파워게임이다.


"남녀 간의 사랑은 물질(외모와 경제력)을 기반으로 하는
사치스러운 감정의 유희입니다."


_펑리위안


중국 젊은 여성의 워너비, 국민 가수, 펑리위안.
남편은 시진핑 국가주석.
외모 가꾸고 독서 많이 하고
경제력이 확고한 독립된 여자에게
좋은 남자는 따라붙는 법이라고 가르친다.
등소평의 백묘흑묘론 못지않은 실용주의 애정론이다.
역시 중국인은 현실적이다.


행복감의 전제가 자유로움이라는 점에서 볼 때
결혼은 상당한 불행감을 보장하는 시스템이다.


어떤 라이프스타일이나 시스템을 선택하든
각기 장점과 단점이 있다.
결혼이라는 시스템도 마찬가지다.
장점이 불행감을 상쇄하고 안 하고는 개인 차이다.

결혼이 그렇다는 걸 알았든 몰랐든
알고도 무시했든
내 결혼만은 예외라고 확신했든 안 했든지 간에
이미 해버린 결혼을 처리하는 방법엔
두 가지 선택이 있을 뿐이다.
담담하게 계속 견디든지, 끝을 내든지.

견딜 때까지 견디다가 정 안 되면 끝낸다는 건
후자에 속한다.
그런 상태론 담담할 수도 현명할 수도 없다.
본인도 고통스럽고 배우자와 자식들도 불행해진다.
정 안 되면 끝낸다는 건 허약한 자신을 속이는 말이다.
끝내기 전에 자기가 끝난다.
울화병 혹은 암으로……. //

제 엄마를
'히말라야의 노새'

만든
토종들

*Happy Women Spend,*
*Unhappy Women Write.*

// 글도 인품도 존경스러운 박경리 선생님!
선생님은 여류작가라는 말을 싫어하셨다.
그건 멸칭이라고.
우리가 남자작가라는 말 하지 않듯이
작가면 작가지, 여류는 또 뭐냐고.
그런 박경리 선생님의 평소 생각을 말해주는
유쾌한 시 한 수.

히말라야의 노새

히말라야에서
짐 지고 가는 노새를 보고
박범신은 울었다고 했다
어머니!
평생 짐을 지고 고달프게 살았던 어머니

생각이 나서 울었다고 했다
그때부터 나는 박범신을
다르게 보게 되었다
아아
저게 바로 토종이구나


넘 재밌다.
박경리 선생님 정도 되니까
박범신이라는 실명도 그대로 쓰실 수 있는 거다.
다르게 보셨다는 건 박범신 작가가 평소 저술이나 강연 등
에서 퍽이나 페미니스트인 양 보였던 걸 가리키는 듯. 아니
면 새삼 다르게 보실 리가…….
토종 페미니스트의 페미닌에서 어머니는 제외되나 보다.


한국 토종 남자의 애끓는 어머니 추모.
모성 희생을 예찬하는 하염없는 눈물.
주접스럽고 가증스럽다.


어머니에게 힘겨운 짐을 지우지 말든지
짐을 진즉 확 덜어드리든지 할 것이지
왜 죽을 때까지 고달프게 사시는 걸
가마안 두고 보다가
왜 히말라야씩이나 가서 노새 보고 우는가.
노새가 모든 짐 혼자 지고 말겠다고 고집하여서

그 뜻을 따를 수밖에 없었던가.

하긴 어머니만 한 마리 노새고
남편 자식들 시부모는 사람이었겠고
노새가 빈약한 온몸에 칭칭 둘렀던 짐은
사람의 짐이었다.
노새의 짐이 아니고.

멀쩡한 사람 하나 노새 만들고 놓고
안 노새인 사람끼리 편안하고 화목한 게 가정인가.

'외로워도 슬퍼도 나는 안 울어~~ (캔디 노샌가?)
참고 참고 또 참지 울긴 왜 울어~~'
결국 화병, 암으로 돌아가신다.

사실 이 〈캔디〉 노래가사는
일본의 원문과 달라도 너무 다르다.
번안 과정에서 완전 한국 토종 캔디가 되었다.
토종 캔디는 자라서
히말라야의 노새가 될 가능성이 아주 크다.
일본 원 가사는 이렇다.

'주근깨 얼굴이어도 괜찮아.
납작코면 어때, 이런 내가 내 마음에 들어.'

원작 가사에서 자존감이 하늘을 찌르던 캔디가
한국에선 왜 자학적 인내의 캔디가 되어 땅굴을 팔까.
아무래도 한국 토종이 번안한 것 같다.

등짐 독박 쓴 한 마리 노새 없이
사람이 각자 자기 짐 자기가 지고
같이 또는 따로 쉬어가며 즐겁게 걸어가는 게
인생이고 가족이다.

토종도 자기 딸이 히말라야의 노새 같은 어머니로 살기를
바라지는 않을 것이다.
그런데 남의 딸은?
남의 딸인 아내는?

오래전 유행했던 〈아내에게 바치는 노래〉 역시
〈히말라야의 노새〉만큼 토종스럽다.
'젖은 손이 애처로워 살며시 잡아본 수운간.
거칠어진 손마디가 너무나도 안타아까아와았소,
시린 손끝에 뜨거운 정성……'
어쩌구 저쩌구 하다가 끝에 가서는
'나는 다아시 태어나도 당신만을 사라앙하아리이라아~~'.

젖은 손, 시린 손, 거친 손 안 되게끔
설거지나 궂은 집안일 좀 진즉에 알아서 하던지.

이미 그렇게 된 손 살며시 잡으며
애처롭고 안타까워하는 아내 노동 찬가.
별로 안 감격스럽다.
안 고맙고 짜증 난다.

노동을 찬양하는 노래를 부르는 게
노동하는 것보다 훨~ 쉽다.
그래도 고생 알아주는 게 어디냐고?
이 노래에 아내가 감격할 거라는 건
남편들의 착각이다.
남편의 구타를 사랑의 매라고
감격하는 아내가 있을까?
감격? 어이없는 착각이다.

〈아내에게 바치는 노래〉는 이렇게 끝을 맺는다.
'나는 다시 태어나도 당신만을 사랑하리라.'

아내들은 이렇게 말하리라.
'됐거든요.'
다시 태어나서 사랑할 때는
당신이 젖은 손, 거친 손, 시린 손이 되도록 일하세요.
그 손 살며시 잡고 찬가는 확실하게 불러드릴게요.

이제 그 〈아내에게 바치는 노래〉가 노래방에서조차 잘 불

리지 않는 현상이 반갑다. 하긴 대개 2차 술 먹고 3차로 가는
노래방엘 아내랑 가는 남자는 없을 테고, 노래방 같이 간 여
자 앞에서 이런 노래 불렀다간 '재섭다, 빨리 집에 가라~'라
는 소리 들을 테니.

　　암튼 적어도 〈아내에게 바치는 노래〉에
　　감격할 아내가 없다는 걸
　　남편들이 인식한 듯하니 다행이다.
　　아내에게 그따위 노래보다는
　　손수 요리한 식사 한 끼 바치는 게
　　효과적이라는 걸 요즘 오빠남편들은 안다.

　　이 노래를 간절하게 불러
　　한때 인기를 끌었던 가수 하수영.
　　그는 죽을 때까지 독신이었다.
　　아내와 산 적이 없었으니
　　아내에게 바치는 노래를 그렇게 애절하게
　　실감나게 부를 수 있었던 것이다.

　　예술에선 현실보다 환상의 힘이 세다.
　　예술가는 자신의 1차 경험에 갇히지 않고
　　우주대의 상상력을 발휘할 때
　　좋은 작품을 만들 수 있다.

작곡이든 노래든 연기든 못 해본 것에 대한 간절함.
그 화려한 비탄이 현실 경험의 초라함을 이긴다.
같이 못 살아본 사람에 대한 안타까움과 통한이
같이 사는 즐거움보다 강렬하다.

연기자의 연기도 그렇다.
첩 해봐서 첩 연기 잘할 것 같고
도둑질해봐서 도둑놈 연기 잘할 것 같지만
천만에, 그 반대다.
진짜 바보가 바보 연기 절대 못하는 것과 같다.

토종의 황혼이혼이 늘고 있다.
백퍼 아내의 발의로 진행된다.

"여태 잘 참고 살아오셨는데…… 마저 참고 사시어
유종의 미를 거두시기 바랍니다."
30년 전 어느 판사의 싸가지 없는 법정 대사.
이거 실화다.
유종의 미라니 누굴 위한, 누구 보라는 '미'인가.
재수 없음 100살까지 사는 시대에
'마저' 참으시란 '마저'는 30, 40년의 기간일 수 있다.

"하루를 살아도 행복할 수 있다면
나는 그 길을 택하고 싶다."

_김종환 노래, 〈사랑을 위하여〉 가사 중에서

이게 이혼을 발의한 토종 아내의 진실이거늘.
'마저' 참으라?
앞으로 같이 살면 얼마나 살겠나?
그야말로 귀싸대기 감 대사다.
이제 이런 경우 없는 판결도 사라졌고 대부분 이혼과 재산
분할, 위자료 지급 등이 제대로 선고되고 있다.

늙은 토종 남자는 이혼 제의에 격분한다.
그에게 이혼은 아내뿐 아니라
자식 포함 가족 전체를 잃는 것이다.
그러니 이혼 안 하려 발버둥 친다.
발버둥 치는 것 자체도 극도의 이기심이다.

고독사했다는 독거노인의 대부분이 남성이다.
비정한 세상이 어쩌고저쩌고 하지만
인간관계가 끊어지는 건 본인 책임이다.
고슴도치의 고독인 경우가 많다.

시체가 방치되면 악취 등으로 이웃에 피해를 주고,

처리하는 사람에게 폐를 끼쳐서 탈이지
고독사 자체를 크게 개탄할 일은 아니다.
자연재해, 화재, 고통사고로 인한 단체 참극을 제외하고
인간은 누구나 혼자서 이승을 떠난다.
**누구나 고독사한다.** //

불효자는
웁니다,

효자는
웃습니다

*Happy Women Spend,*
*Unhappy Women Write.*

// '내리사랑은 있어도 치사랑은 없다.'

자식을 사랑하는 건 자연스럽고 쉬운 일이라도(내리사랑은 있어도) 부모를 사랑하는 건 부자연스럽고 어렵다(치사랑은 없다)는 뜻이다.

'어렵다'를 '없다'로 표현한 건 재치 있다.
원래 없는 걸 억지로 하자니 힘들고 어려운 건 당연하다.
그러니 자식사랑은 강조할 필요가 없지만
효도는 강~조할 필요가 있는 것이다.

통번역 일을 하며 느낀 건데 영어단어에는 우리의 이 효도 콘셉트에 딱 맞는 단어가 없다. 굳이 찾자면 filial piety나 filial duty인데 자식으로서의 경건함, 자식의 의무라는 뜻이 되어버려 서양인에게 잘 통하지 않는다.

효자, dutiful son, 의무를 다하는 아들?
웬 의무?
부모자식 간 '사랑', '안 사랑'만 알고 있는
그들에겐 낯선 단어다.

효도와 사랑은 별개다.
부모를 사랑하는 불효자도 많지만
부모를 사랑하지 않는 효자는 더 많다.
긴 병에 효자 없다는 말도
효자가 부모 간병의 의무수행에 지친단 뜻이다.

부모의 기나긴 병상 끝의 초상. 멀~리 살던 불효자가 달려
와 울부짖는다. 그간 오직 입으로만 효도하던 딸들이 데굴데
굴 구르며 운다. 간병에 지친 효자와 효부는 안 운다. 부모와
의 이별이 섭섭하지 않아서 안 우는 게 아니다.

때론 끝이 어딘가 하는 마음에 짜증도 났지만
그래도 끝까지 최선을 다한 자식의 마음은 담담하다.
그래서 눈물 맺힐지언정
소리를 내어 울부짖진 않는다.

온갖 병주머니(대퇴부 골절, 당뇨, 고혈압, 심장비대, 사이코 발
작) 매단 90세 어머니를 혼자서 돌보고 있는 나도 그렇다. 끝
이 어딜까 생각해보는 것도 지쳤다. 끝나길 바란다? 돌아가

시길 바란다는 거니 그런 죄책감도 괴롭다.


"연지야, 나한테 좀 잘해라. 에미 살아 있을 때에 잘하라고
오. 아무래도 내가 올해는 못 넘기지 싶다."
해마다 말씀하신다. 20년째다.
어머닌 내가 좀 더 다정하고 살갑게 굴길 바란다.
'그만하면 많이 산' 남편도 제치고
'묵고 살 꺼는 있으니' 집필, 강의 등 생업도 제치고
'아무짝에도 소용없는 친구들'과 랄랄거리는 짓도 하지 않고
어머니 케어에 올인해주길 바라신다.

"내 니를 우째 키았는데……."
나를 우째 키우긴. 욕하고 때려서 키웠잖아.
나 한번 따뜻하게 안아준 적 있어?
스파르타식 엄한 교육 좋아하시네.
구타는 짐승 조련에도 그리 좋은 방법이 아니야.


"멍청~하니 잔뜩 묵고 꾸벅꾸벅 졸고…… 니 내 아니모 갱
기(경기여중) 들어갔을 주 아나? 어~림없대이. 아이들 다 갱
기만 넣는 일류 과외선생 구해가지고 매~일 우리 집에서 과
외하고 내가 선생 따신 밥 해 멕이고……."
됐어요. 나 엄마한테 안 맞아 죽으려고 경기 합격했어요오.


"니 이라모 내 죽은 담에 후회한데이. 피눈물 난데이."

'최선'에 대한 어머니와 나의 기준이 다를 뿐
내 나름의 최선을 다하고 있기에
후회도 피눈물도 없을 것 같은데…….
모르겠다, 그건.

불법에서는 상중하 세 가지의 효도가 있다고 가르친다.
하품의 효도는 부모에게 맛있는 음식, 의복, 용돈, 관광비,
주택 등 물질을 드리는 것. 흔히 노인정에서 어떤 노인은 자
랑하고 어떤 노인은 주눅 드는 '눈에 보이는' 효도다.

중품의 효도는 부모의 뜻을 따르는 것.
영화 〈국제시장〉에서 흥남 철수선을 오르다가 바다로 떨
어진 막내딸을 찾으러 떠나며 맏아들에게 자기 겉옷을 벗어
입혀주며 하신 아버지의 유언.
"부산에 도착해서 고모를 찾아가라. 그리고 아버지 대신
맏이인 니가 엄마와 동생들을 지켜야 한다."

주인공 황정민은 아버지 뜻에 따라 가족의 생계를 책임진
다. 자기 공부는 포기하고 서울대 합격한 동생을 위해 서독
광부로 간다. 여동생 결혼자금을 위해 월남전에 간다. 아버
지가 찾다 죽은 그 막내 동생을 KBS 이산가족찾기에서 눈물
로 상봉하면서 중품의 효도를 완수한다.
"아부지예, 내 참말로 힘들어쓰예."

유품이 된 아버지의 겉옷을 두 손으로 움켜쥐며 아들은 굵은 눈물을 쏟아낸다. 천만관객의 대부분이 중장년층이었던 〈국제시장〉의 엔딩 씬이다.

아버지들은 '아~ 자고로 맏아들은 저래야 하는데⋯⋯' 했겠지만 맏아들들은 '엄마와 동생들을 위해 저렇게 등골브로 큰 되어야 하는가. 자기 아내와 자기 아이들을 위해 살아야 하는 거 아닌가'라고 생각했을 것이다.

상품의 효도는 불도수행을 하여 참된 인생의 길을 깨닫고 그 길로 부모 또한 인도하여 부모가 삼세 영원한 행복을 얻도록 도와드리는 것이다.

2,500여 년 전 인도 가비라성의 왕자인 고타마 싯다르타.
아버지의 뜻을 어기고 19세에 출가하여
이 상품의 효도를 완수하였다.

효도 품질의 상중하 차이는
시행하기 어려움의 차이다.
물질을 제공하는 하품의 효도가 중품, 상품보다 쉽다.
그래서 하품이다.
그러나 그 물질을 부모가 자식보다 더 많이 갖고 있다면
자식이 몸뚱이와 시간을 할애해야 하니 힘들다.
'가난한 집에 효자난다'는 말도

부모가 가난해야 하품의 효도가 눈에 띈다,
즉 효도 행하기가 쉽다는 말이다.

　부모의 관광비용을 자식이 부담하면 효도관광, 올림픽에
서 금메달을 싹쓸이하거나 주식시장에서 높은 수익을 거두
는 종목을 효자종목이라 하고, 기업의 매출증대에 크게 이바
지하는 상품을 효자상품이라고 한다. 부모에게 물심양면으
로 이득이 되는 자식을 효자라고 한다. 부모에게 물심양면으
로 무관심하거나 손해를 끼치는 자식을 불효자라고 한다.
　자식이 부모를 사랑하고 존경하고 하는 것과는 상관없다.
일단 부모에게 물심양면으로 득이 되어야 효도인 것이다.

　"부모와 자식과의 인연은 부모에게 은혜를 갚으러 나온 자
식과 빚진 것을 받으러 나온 자식, 두 분류로 크게 구분된다
고 합니다."

　　　　　_혜민 스님,《멈추면 비로소 보이는 것들》, 수오서재

　빚 갚으러 나온 자식이 효자고,
　빚 받으러 나온 자식이 불효자다.
　《심지관경》에 있는
　'과거세의 인을 알고자 하면
　현세의 과를 보라'는 부처의 가르침을
　혜민 스님이 효자 타령하는 한국 부모들

알아듣기 쉽게 정리한 것이다.

즉, 효도 지극한 자식이 나오고 불효막심한 자식이 나오는 것은 자식의 의지가 아니고 부모가 전생에 지은 채무 여하에 달렸단 말이다.

그러니 자식이 효도를 하거든 감사히 받고
불효를 하면 '아, 내가 채무가 있었구나~' 하고
미안해하며 그 자식에게 더더욱 잘~해야 한다는 것이다.
친절하고 공손하게 대해야지,
자식 복 드럽게 없다고 한탄하거나
효도 타령을 해서는 안 된다.

채무를 알려주시는데 꾸지람하거나 탄식하는 건 적반하장의 뻔뻔함이다. 추가 이자가 붙을 수 있다. 불효자식이라고 미워하면 괘씸죄가 추가된다. 채무자 태도불량이다.

그래서 효자보다 불효자에게 더 많은 사랑을 주고 배려해 주어야 하는데 무지한 부모는 거꾸로 한다.
'미운 자식 떡 하나 더 준다'는 옛말의 진실이 바로 이거다.

재수 없는 여자 복 타령 중에 '남편 복 없는 년, 자식 복도 없다'라는 신세한탄이 있다. 과거세에 여러 사람에게 빚을 지다 보니, 현세에 남편도 자식도 다 채권자로 만난 것이니 자기 주제를 알고 그들에게 잘해야 한다.

어리석은 한탄은 스톱하고
정신 차려 현세에 빚을 다 갚아서
빚을 내세까지 끌고 가는 일 없도록
부지런을 떨어야 한다.

고약한 남편도 일단 그에게 내가 졌던 빚을 갚아야 헤어지거나 죽거나 한다. 그런데 고약한 자식과는 헤어질 방법이 없다. 자식이 죽거나 내가 죽기 전에는. 대개 내가 먼저 죽으니 내 눈 감는 그날까지 그 자식에게 사랑을 퍼부어주어야 한다.

그래도 어쨌든 한국 부모들의 자식 효도에 대한 기대는 야무지다. 내가 아는 효숙이, 효진이, 효경이, 효선이…… 다 효도 효 자를 쓴다. 그들이 다 효녀인지는 모르겠지만 그들 부모의 효도에 대한 기대만큼은 확실하다.

내가 아는 한 어머니. 혼자 힘들게 공부시킨 효자 외아들이 대기업에 취직해서 벌어온 돈으로 생활하고 있다. 그런데 웃기는 건 며느릿감으로 경제력 있는 효부를 기대하고 있다. 아들 등에 꽂은 빨대에 하나 더 추가. 즉, 원 플러스 원……
쌍 빨대를 꽂아보겠단 의지다.

내가 효도는 셀프라고 말해주었더니 그래서 친정이 가난한 애는 안 된단다. 헐~.

우리는 사랑하는 사람이 행복하기를 바란다,
사랑하는 사람의 슬픔에 울고
사랑하는 사람의 기쁨에 춤춘다.

당신은 즐거움만…… 고통은 나만……
당신은 모르게…….
알면 불편할 테니까.
그게 사랑이다.

동고동락은 우정이나 동지의 마음이지 사랑은 아니다.
허나 우정도 깊어지면 사랑의 형태를 갖춘다.
사랑하는 친구는 즐거움만, 고통은 나만.

사랑과 효도는 별개다.
효도는 어떤 결과적 행위를 말하고,
사랑은 마음의 문제, 감정을 일컫는다.
자식이 부모를 사랑하면
부모의 행복을 최우선적으로 생각하게 된다.
부모가 기쁨을 느끼도록 최선을 다하고 싶어진다.

사랑이 주는 행복감의 근본은 자유.
대상의 자유로운 선택을 포함한 모든 자유,
즉 자발성이다.
그 자발성이 바로 진정성의 실체다.

그러니 사랑'해야 한다'는 의무감은
진정한 사랑의 속성과 모순된다.

사랑은커녕 부모를 전혀 좋아하지 않을 수도 있다. 부모가
꼴도 보기 싫을 수도 있다. 그렇다고 원수처럼 미운 것은 아
니고 그냥 전혀 사랑을 느끼지 못하는 것이다. 그럴 수 있다.

남녀 사이의 미묘한 끌림을 빼고 모든 관계에서 사람은 자
기에게 잘해주는 사람을 좋아하게 되어 있다. 내가 내 부모
를 사랑하지도 좋아하지도 않는 건, 내가 부모에게서 사랑받
는다고, 부모가 나를 좋아한다고 느낀 기억이 하나도 없기
때문이다.

이런 건 받는 쪽에서 받은 적이 없다고 하면 안 준 거다.
줬다는 주장은 의미 없다.
매 맞은 사람이 아팠다고 하면
아프게 때린 것이다.
때리지 않았다거나 그걸 뭘 때렸다고 하느냐는 주장은
의미 없다.

그리고 남녀 간의 사랑을 포함하여 모든 인간관계는
얇은 유리판과 같아서 아흔아홉 번을 잘 닦았어도
단 한 번 대리석 바닥에 떨어뜨리면 박살난다.
화해, 관계개선, 신뢰회복이라는 말은

개인의 관계에선 불필요한 갈등을 막기 위한 허칭이고
국가 간에는 자국의 실리를 위한 외교적 수사일 뿐,
실체는 없는 것이다.

사랑의 감정은 의지로 생기는 게 아니다.
그래서 사랑은 뜻밖의 선물처럼 신비한 것이고
또 오래 머물지 않고 반드시 사라지는 것이니
함께한 사랑의 시간은 정말로 소중하다.

친엄마라서 사랑해야 하는 것도 아니고
계모라서 사랑할 수 없는 것도 아니다.

"태어난 이후 그분만큼 우리에게 사랑을 준 사람이 없었어
요."
  이혼한 유명 여배우가 낳은 10대의 아들과 딸이 기자에게
자기들의 계모에 대해 한 말이다. 핏줄, 안 핏줄을 떠나 사람
은 누구나 자기를 좋아하고 자기에게 잘해주는 사람을 좋아
하게 되어 있다.
  '핏줄이 땡긴다' 운운은 어떤 선택을 합리화하기 위한 거
짓말이다. 핏줄이 아니 땡겨서 어떤 친부는 아들 때려죽이고
도 치킨 배달시켜 처먹고, 어떤 아들은 친부를 골프채로 때
려죽였는가.

친자식이라서 꼭 사랑이 가는 것도

의붓자식이라서 사랑이 안 가는 것도 아니다.
사랑은 의지대로 되는 게 아니지만 존중은 의지다.
나 자신을 존중한다는 건 너무나 중요하다.
자신을 존중하는 사람이 남도 존중할 줄 안다.

좋고 싫고의 문제가 아니라 존중은 인간이 이 세상에 평화롭게 공존하기 위한 기본전제다. 특히 아이는 태어나서 처음으로 부모로부터 존중을 받음으로써 자기가 소중한 존재라는 걸 알게 된다. 그렇게 해서 자신을 존중하게 되고 그리고 남을 존중할 줄도 알게 된다.

가장 가까운 사람(대개는 부모지만 다른 양육자라도)의 존중과 격려와 칭찬 속에서만 아이는 행복한 인간으로 성장한다. 약자를 배려하고 남을 돕는 것을 기뻐하는 성숙한 사람이 되어 넓은 세상으로 나아간다.

《꽃으로도 아이를 때리지 말라》라는 책도 있고
《효자손으로도 때리지 말라》라는 책도 있던데…….
꽃으로 맞으면 기분이 나쁘고
효자손으로 맞으면 진짜로 아프다.
효자손 그거 나무 매다.

아버지: 맞는 너보다…… 때리는 내가 더 아프단다, 실은.
아들: 그럼 내가 때릴게요.

'사랑의 매'의 교육효과? 반성과 결의? 천만에.

반성? 나 많이 맞아봤는데, 한 번도 반성해본 적 없다. 그나마 좀 있던 미안한 마음이 싹 가시고 증오심이 생긴다.

결의? 한다! 아프면 모멸감, 무력감 속에서 다시는 안 맞겠다고 결의한다. 그래서 '어떡하다 들켰나' 하고 복기한다. 보다 정교한 거짓말과 속임수를 연구한다. 그러니 교육의 딱 반대 효과가 있다. 아이의 자존감은 파괴되고 자기비하를 배운다. '사랑의 매'에 '사랑의 욕'이 병행되면 효과는 상승한다.

그러니 자식을 '사랑의 매'로 사랑하지는 말아주시라. 자식은 당신의 스트레스 해소나 체력단련용 펀치백이 아니니.

"학창 시절에 회초리나 채찍으로 매를 맞았던 이들은 거의 한결같이 그 덕에 자신이 더 나은 사람이 되었다고 믿고 있다. 내가 볼 때는 이렇게 믿는 것 자체가 체벌이 끼치는 악영향 중 하나다."

_버트런드 러셀,《런던통신 1931-1935》, 사회평론

'당근과 채찍'은 사람을 교육하는 방법이 아니고
경주마를 훈련하는 방법이다.

사람을 교육하는 목적은 사람의 행복이고
경주마를 훈련하는 목적은 상금획득,

즉 사람의 이득이다.

말의 행복이 아니다.


주마가편은 인간이 더 착취하려고

달리는 말이나 일하는 노예에게 가하는 채찍질이다.

그러니 '사랑의 매'가 아니고 '착취의 매'다.


그럼 아이가 잘못하는데도 그냥 오냐오냐하냐구? 아이
가 잘못을 하면 왜 그게 잘못인지 잘~ 설명해주어야 한다.
아이와 눈높이를 같이하고 차분하고 다정한 목소리로 천천
히……. 아이는 다 알아듣는다.

그러고는 따뜻한 말로 격려해주어야 한다. 아이가 좋아하
는 맛있는 것도 주면서.

아이는 미안해하고 반성한다.

될 수 있으면 앞으로 그러지 말아야겠다고 생각한다.


좋은 아이 나쁜 아이는

부모가 만든다.


어떤 아이에게든 장점과 단점이 있다. 장점은 놔두고 단점
을 들추어내어 지적질하거나 꾸짖는 엄마가 많다. 꾸지람을
듣고 아이가 그걸 스스로 고칠 줄 아는가? 천만에. 아이는 엄
마가 자기를 미워한다고 생각하고, 스스로를 나쁜 아이라고
비하한다.

단점은 놔두고 아이의 작은 장점이라도 찾아내어 크게 칭찬해주면 그 작은 장점이 크게크게 자라난다. 동화《잭과 콩나무》의 콩나무처럼 쑥쑥 자라나서 아이의 모든 단점을 덮어버린다.

부모의 자상한 칭찬은 아이의 자존감을 높인다. 자존감 있는 아이는 자기 것을 다른 아이에게 주거나 자기 순서를 양보하면서 스스로 기쁨을 느낀다. 부모한테 자기가 칭찬받았듯 친구를 칭찬하기도 하고 힘이 약한 친구, 아파하는 친구를 돕고 싶어 나름 설친다.

타인을 배려하는 사람,
타인에게 친절한 사람,
그러기 위해 때론 자신의 욕망을 절제할 줄 아는 사람,
그러는 자기 자신을 좋아하는 사람,
그런 사람을 성숙한 사람이라 한다.
성숙도는 나이순이 아니다.
다섯 살 된 성숙한 아이도 있고
쉰 살 된 미성숙한 어른도 있다.

'부모는 한없이 베푸는 사람이구나……,
한없이 조건 없이.
잘하면 좋아하고 잘못하면 미워하는 조건부가 아니고
무조건 사랑을 주시는구나.'
결혼하고 시부모님을 만나서 내가 느낀 것이다. 부모의 칭

찬에 연연하고 질책에 떨어온 내게는 일종의 컬처쇼크였다.

한편 "당신, 친딸 맞아?"

'놀라운' 장모를 맞이한 남편이 내게 한 질문이다. 그 역시 컬처쇼크를 느꼈기에 나온 대사다.

남편은 재래식 효자와는 거리가 멀고, 돈 필요하단 말 외엔 대체로 과묵한 막내아들이다. 그러나 그의 '존재 자체'가 기특하고 신통방통한 듯…… 남편을 바라보는 시부모의 눈에서는 언제나 하트가 뿅뿅 나왔고, 만면엔 미소가 가득하셨다.

효부와는 한참 거리가 먼 나에게 두 분이 무조건 퍼부어주신 사랑의 따스함도 실은 남편이 쬐고 있는 뜨거운 화롯불 옆 곁불이었는데도 북극에서 온 나에겐 너무 뜨겁게 느껴진 것이다.

입에 밥이 가득 든 아이가 밥알을 틱틱 흘리듯 남편은 그런 부모에게 픽픽 짜증도 냈다. 그런 시부모님이 한 해 봄과 가을에 각각 돌아가셨을 때 나는 진짜 나도 놀랄 만큼 많이 울었다.

내 친정 아버지가 돌아가셨을 때는 눈물 한 방울 안 맺힌 덤덤한 얼굴로 남동생에게 돈 주며 이래라저래라(일명 일해라 절해라) 하고 집에 와서 드라마 원고 썼다. 경상도 말로 짜다리 급하지도 않은 원고를.

시부모님 장례 기간 내내 남편은 거의 식사도 못 하고 울

었다. 큰 시숙은 부인에게 "부엌에 가서 깻잎 삭힌 거 가져
와" 하시며 매끼 잘 드셨다.

　불효자는 웁니다.
　효자는 안 웁니다. //

여자를
행복하게

만드는                    단
                         한마디

*Happy Women Spend,*
*Unhappy Women Write.*

// 93세에 시인으로 데뷔하여
102세에 돌아가신
일본의 여성 시인 시바타 도요.
그녀가 98세에 낸 첫 시집《약해지지 마》.
시집으로는 이례적으로
일본에서만 150만 부가 팔렸고
5개 국어로 번역되어 세계 각국에서 출판되었다.
그 시집에서 내가 가장 좋아하는 시는 〈화장〉이다.

아들이 초등학생 때
너희 엄마
참 예쁘시다
친구가 말했다고
기쁜 듯
얘기했던 적이 있어

그 후로 정성껏

아흔일곱 지금도

화장을 하지


누군가에게

칭찬받고 싶어서


_시바타 도요,《약해지지 마》, 지식여행

아들이 초딩 때면 근 70년 전일 텐데

그때 아들이 '기쁜 듯' 전해준 아들 친구,

즉 어린 남자의 '예쁘시단' 칭찬.

그 황홀감을 되새기며 97세 할머니는 오늘도 립스틱을 가만히 돌려 올리는 것이리라.

'누군가에게 칭찬받고 싶어서.'

이 마지막 라인이 제일 멋지다.


누군가가 누구일까……, 뭐 누구라도 좋겠지.

"도요 씨, 예쁘세요~"라는 칭찬이라면.

"할머니, 예쁘세요~"가 아니라.

'할머니'는 오직 진짜 손자에게서만 불리고 싶은 호칭이다. 손자 아닌 사람은 "할머니, 예쁘세요"보다는 그냥 "예쁘세요" 하는 게 훨씬 좋다. 어차피 그분을 즐겁게 하는 것이 목적이라면.

그분이 기분 좋아하면서도 "아유~ 다아 늙은 할마시가 예쁘긴 뭐가~ 흐흥" 하면 즉각 "아우~ 무슨 말씀을요. 정말 고우셔요" 이렇게 반응해야 최상이다. 즉각 해야지 머뭇거리거나 가만히 있으면 애초의 '예쁘세요'도 다 무효다.

70~90대 여성이 정성 들여 화장을 하거나 옷을 신경 써서 갖추어 입었다고 보일 때 "예쁘세요", "고우세요"는 최고의 칭찬이고 친절이자 인간에 대한 예의다. 여성이라면 나이가 몇이든 말 알아듣는 한 살 무렵부터 보청기 낀 100세 무렵까지 제일 듣고 싶어 하는 말은 "예뻐요"다.

나이 든 여성에게 "예쁘시다"고 하면 혹 실례가 아닌가 생각하는 남자들이 있나 본데 절대 실례 아니다. 실례는커녕 젤 즐거운 칭찬이다. 할머니들이 손자에게서 젤 듣고 싶은 말도 실은 "할머니, 예뻐요"다. 손자들이 그걸 알 턱이 없다.

사귀는 사이에서 여자가 남자에게
"내가 왜 좋아?", "내가 뭐가 좋은 건데?" 하면
남자는 즉시 이렇게 말해주어야 한다.
"예뻐서!"라고.
당연한 걸 뭘 묻느냐는 식의 담담함으로.
하긴 이건 질문이 아니고 확인이니.
제대로 확인한 여자는 당연 흐뭇해한다.
일종의 '놀이play'다.

몇 번이고 반복해도 절대 싫증 안 나는.

근데 "예뻐서!"라고 즉각 대응해야 한다. 잠시 머뭇거리거나 퍼즈를 두고 "예뻐서!" 하면 무효다. 예쁘지 않은데 그 답을 원하는 거 같아 해준다~가 되어 묘~한 짜증을 일으킨다. 어헝, 나 못생겼다 이거지.


정답 외에 다른 답을 하면 더 큰 문제가 생긴다.

"너의 인간성이 참 좋아."

이런 말…… . 진짜 인간성이 좋아서 한 말이라도

여자는 '너 안 예쁘거든'으로 듣고 우울해진다.

"마음이 아름다워."

이것 역시 안 예쁘단 말이다.

"얼굴 예쁘면 뭐해. 마음이 고와야지, 너같이."

이건 추녀 확인 멘트다.

'인격적으로 존경한다.' '인간적으로 좋아한다.'

이것 역시 안 예쁘다는 말이다.

'성격이 좋아.' '인간성 좋아.' '머리가 좋아.'

이런 건 아예 화근 멘트.

헤어질 날 머지않았다.

이 커플 얼마 못 간다.

'성격 좋은' 여자가 '이유 없이' 토라져 갈구는데

오래 참는 남자는 없다.


그러니 "예뻐서!"로 족하다.

마음, 성격 어쩌고 토를 달면 안 된다.
남자로선 팩트에 입각한 정직한 답일지라도
여자에겐 "너 못생겼거든"을 확인하는
선상의 아리아일 뿐이다.

여자는 팩트를 묻는 게 아니다. 거울 보니까 자기 얼굴 어떤지 다 안다. 사실을 몰라 물어보는 게 아니다. 자기를 사랑한다는 진실을 알고 싶은 것이다. 그래서 "예뻐!" 외에는 다 '사랑하지 않아!'가 되는 것이다. 이건 꼭 사랑하는 남녀 사이에만 적용되는 어법이 아니다.

누가 A의 능력을 묻는데 "A가 사람은 참 좋지"라고 답하면 무슨 뜻이겠는가. A가 능력이 별로라는 뜻이다.

풀 메이크업에 헤어, 의상 등 나름 신경 쓰고 나와 앉아 있는 나를 그윽하게 바라보던 여덟 살 연하의 남자. 내가 아이 콘택트하며 살짝 기품 있게 미소 짓자 하는 말.

"건강해 보이시네요, 선생님."

맥이 탁 풀리면서 '이 자식이~~' 싶더라.

밥 먹다가 내 말을 들은 절친 일곱 명이 하나같이 뒤집어졌다.

"그럼 대체 무슨 말을 기대했던 거야 ~~."

"당연히 '오늘 예쁘세요'지."

"넘 야무진 기대 아냐?" 하면서도 친구들은 내 서운함에 백퍼 공감해주었다.

사실 "건강해 보이시네요" 같은 말은 와병 소식에 걱정했는데 쾌차하신 것 같아 기쁘다는 뜻이면 참 좋은 인사다.

"편찮으시단 말씀 듣고 걱정했는데 건강하신 모습 뵈니 기쁩니다."

이거 참 예의 바른 정중한 인사다.

그런데 멀쩡한 여자에게 앞뒤 없이 "건강해 보이십니다"는 '비만하시네요'로 들린다. 나같이 체중이 좀 나가는 여자에겐 심지어 '이 뚱뚱아, 살 좀 빼라'로 들린다.

암튼 상대방을 안 즐겁게 하는 말은 인사도 아니다.

인사할 줄 모르는 이 애가 나에게 무슨 요청을 한다? 정중히 거절할 것이다.

"언제요? 아아, 그때 마침 내가 일이 있네~~."

"그럼…… 다음?"

어, 다음에도 바쁠 예정이로다.

여자에게 거는 "예뻐"의 마법을 가장 잘 쓰는 사람들이 작가다.

"길라임 씨는 몇 살 때부터 그렇게 예뻤나, 작년부터?"

_드라마 〈시크릿가든〉 중에서

"예뻐요"의 최고 변주variation, 의문문.

역시 연애드라마의 거장 김은숙 작가의 대사는 다르다.

"오늘 왜 이렇게 예쁜가."
드라마 〈질투〉에서 상훈(이효정 분)이 채리(김혜리 분)에게
하는 말이다.

오늘 왜 이렇게 예쁜가…….
이 대사를 쓰면서 딱 20년 전 바로 그 말을 누군가에게서
너무나도 듣고 싶어 했던 기억이 떠올랐다. 들었던 기억이
아니고 듣고 싶어 했던 기억이.
비가 그친 오후였고…… 그때 내 의상도 기억났다. 명동
노라노에서 새로 산 까만 바바리코트.
'오늘 왜 이렇게 예쁜가'를 기대했던 내가 실지로 들었던
말도 아프게 기억났다.
"바바리 좋다. (사이) 니 꺼야?"
그는 나를 전혀 사랑하지 않았을 뿐 아니라 나의 경제력까
지 모욕했던 것이다.

김희애 : "도대체 내가 왜 좋았던 거예요?"
이성재 : "첫째로…… 예뻤구요."

_드라마 〈아내의 자격〉 중에서

드라마 대사의 일인자, 정성주 작가가 쓴 대사다.

고깃집 주방에서 불판 씻고 온 김희애의 고단한 얼굴에 미소가 빛난다.

벚꽃 터널 아래 처음으로 자전거 데이트를 한 16세의 스즈와 오자키.

스즈: "안녕."

오자키: "잘 가."

두 사람 헤어져 걸어간다. 남자애가 갑자기 돌아선다.

오자키: "스즈!"

스즈: "응?"

오자키: "……."

스즈: "?"

오자키: (멋쩍은 듯) "너 그 옷…… 예쁘다."

돌아서 환한 얼굴로 힘차게 걸어가는 스즈.

_영화 〈바닷마을 다이어리〉 중에서

영화 〈보헤미안 랩소디〉에서 프레디 머큐리가 메리 오스틴에게 한 첫 작업 멘트는 "I like your coat!"였다. 그리고 그녀에게 처음 사랑을 고백하며 한 대사 역시 "How beautiful you are!" 우리말로 "예뻐!"다.

이 '예뻐!' 변주의 압권은 카를라 브루니가 부른 주제가 〈스탠 바이 유어 맨〉과 함께 연애 불구자들의 죽은 연애세포마

저 다 회생시켰다는 달콤 드라마 〈밥 잘 사주는 예쁜 누나〉,
극중 여섯 살 연하남 준희의 고백 대사다.

젊고 한미모 하는 회사 동료 강세영(정유진 분)에게 남자
들이 대시하는 꼴 본 진아(손예진 분), 심기 아아주 불편한
데…….그런 진아를 담담하게 바라보는 준희(정해인 분).

진아: "으휴우~ 남자들은 그저…… 예쁜 여자라면 정신
을……"
준희: (O.L.) "누나가 더 예뻐요."
진아, 순간 반짝하는 시선 떨구며 머리 귀 뒤로 넘긴다.

이 씬 이 컷으로 진아는 애매한 태도를 거둔다. 여럿이 앉
은 테이블 밑으로 준희의 손을 꽉 잡는 등 적극적인 사랑의
행보를 시작한다.

사랑 고백을 '사랑해요'라고 직빵으로 하는 것?
글자로라면 몰라도 대사로는 20세기에 끝난 것 같다.

같은 건물 안에 각자의 직장이 있는 진아와 준희의 경쾌한
카톡 씬.

지금 시간 돼?
되지. 왜?
냠냠.

다음 씬은 당연, 파스타 집 남냠 씬.

눈으로 하트를 뿅뿅 날리며 스파게티를 감는 손예진의 의상은 짝 달라붙는 스모키 블루진 위에 앞 단추를 세 개쯤 풀어 느슨하게 입은 흰 셔츠. 자연스럽게 흘러내린 긴 머리와 더불어 거의 여신 포스였다.

밥 잘 사주는 '예쁜' 누나.

이 '예쁜'에 방점이 찍혀 있는 것이다.


'예쁜' 누나를 사랑한 준희 역 정해인의 해맑은 미소는 '해인님', '햇님앓이' 등 팬몰이를 불러왔을 뿐 아니라 온갖 CF로도 소비되고 있다. 드라마 PPL 홍삼 스틱 쪽쪽 빠는 것도 귀여웠고(어떻커니, 드라마 제작비에 도움이 된다는데) 〈밥누나〉 끝나기가 무섭게 '천만다행' 외치며 편찮으셨다가 나오신 김 부장님 껴안고, 탁자 위 엎은 컵 양손으로 돌리고, 꽃병 소화기 던지는 등 바쁘신 햇님의 수입도 짭짤할 것 같아 흐뭇하다.

햇님이가 나비넥타이 매고 백화점 앞에도 있더니 캐주얼 입고 자동차 앞에도 서 있다. 아이고……, 귀여워라. 누나가 밥만이 아니라 차도 사주고 싶네. Tea가 아니고 저 볼보 한 대 사주고 싶다고…….


근데 밥 잘 사주는 예쁜 누나도 나이 마감 있다.

누나 나이 40세까지다.

40을 불혹不惑이라 하는 건

아~무도 유혹하지 않는 나이라는 뜻이다.

40세 넘어도 예쁠 수 있다고?

물론 예쁠 수 있다, 자기가 보기에.

근데 남자가 유혹하고 싶은 마음까진 안 생긴단다.

"예뻐요" 소리 안 나오는데 어쩌라구.

이해는 된다.

하긴 애초에 〈밥누나〉도 30세의 남자 쪽에서 맛집 좀 소개해달라며 36세의 누나를 먼저 유혹한 것이다. 아무도 유혹하지 않으니 본인이 나서서 유혹한다? 밥 사주는 걸로? 불가능하다.

안 예쁜 누나 밥 사주는 대로 먹었다간 삶이 무척 고달파질 수 있다는 걸 남자들은 다 안다. 더구나 누나가 기대하는 말이 "잘 먹었습니다"가 아니고 야심차게도 "예뻐요"라면…… 그 밥 절대 안 먹는다.

"어떡하죠? 회사 회식이네요. 담엔 꼭……."

담엔 꼭?

Next is Never면서 말로는 "담엔 꼭……."

이건 방송계에서만이 아니라 곳곳에서 실제로 쓰이는 희망고문 용어다.

암튼, 사랑에 빠진 남자의 "예뻐요"는 넘넘 달콤하지만

사랑했던 남자의 마지막 인사 "예뻐요"는 아리고 아프다.

처음으로 고백하는 남자의 선물,

마지막으로 인사하는 남자의 선물.

스위트한 밀크초콜릿과 씁쌀한 다크초콜릿의 차이.


그러나 똑같은 건……

선물을 받은 두 여자 다 넘넘 행복해한다는 것.

새로운 사랑을 시작하는 여자, 곧 임종을 앞둔 여자.

둘 다 같다, 그 행복의 느낌은.

사랑하는 남자가 건네는

초콜릿 상자를 여는 순간의 설렘은…….

초콜릿 특유의 그 내음.

행복의 급 파동.

황홀한 쓰나미.

"예뻐요"라는 칭찬에 감전感電된다.


〈필름스타 인 리버풀(원제: Film Stars Don't Die in Liverpool)〉.

실화를 바탕으로 왕년의 대스타 글로리아(아네트 베닝 분)

와 젊은 연극배우 피터(제이미 벨 분)의 사랑과 이별을 담담

하게 그린 영화.

위암 말기의 글로리아, 연명치료를 포기하고 뉴욕에서 대

서양을 건너 영국 리버풀로 찾아든다. 마지막에 헤어진 애인

피터의 집으로 와 드러눕는다.(매우 뻔뻔) 그러다가 피터 식

구들에게 엄청 민폐가 된 걸 안 글로리아, 떠나기로 한다.

#방 안

침대 옆 의자에 앉은 글로리아. 파우치에서 콤팩트와 립스틱을 꺼내 정성스럽게 화장을 한다.

#피터 집 앞

글로리아를 리버풀 공항으로 싣고 갈 차가 대기 중이다. 서 있는 글로리아의 아들. 어머니의 연락을 받고 뉴욕에서 온 것.

#다시 방 안

피터, 들어온다. 머리에 스카프 두르고 짙은 선글라스를 낀 글로리아, 피터를 본다. 붉은 립스틱을 바른 입술만 선명하다.

피터: "지금 떠나야 해요."

글로리아, 고개 끄덕인다.

피터, 글로리아를 든다. 앉은 의자 채로.

글로리아를 의자 채로 달랑 든 피터, 계단을 내려온다.

(웬 의자 채로……. 글로리아는 피터가 자기를 그냥 안아서 내려가길 원했을 것 같다.)

피터의 표정, 담담하고 선글라스를 낀 글로리아의 표정은 알 길 없다.

#피터 집 앞/ 차 안

피터, 글로리아를 차 안에 넣는다. 의자 채로.

피터, 글로리아를 본다.

글로리아, 피터를 본다.

피터: 예뻐요. (You are beautiful.)

순간, 글로리아의 붉게 칠한 입술에 매우 확실한 미소가 번진다.

차, 출발해 가고

피터, 서 있다 돌아선다.


자막 올라온다.

'글로리아 그레이엄은 다음 날 뉴욕 세인트헬레나 병원에서 사망했습니다.'

그녀의 리즈 시절, 아카데미 여우주연상을 수상하는 실제 흑백영상과 함께.

그녀가 받은 마지막 선물 "예뻐요"는 리버풀에서 둘의 사랑이 시작될 때 피터가 했던 말이었다. 그때 글로리아는 목을 뒤로 젖히며 환하게 웃었었다.

그러나 피터의 마지막 인사 "예뻐요"는 그때처럼 "사랑해요"는 아니다. 이미 가버린 사랑의 감정이 여자가 죽기 일보 직전이라고 해서 돌아오는 것도 아니고 새로 생기는 것은 더더욱 아니다. 그거 여자도 안다.


사랑하고 있을 때 "예뻐요"는 '사랑'이지만

사랑이 끝난 후의 "예뻐요"는 '친절'이다.


친절은 상대방을 기쁘게 하기 위한 성의다.

친절은 인간에 대한 예의다.

사랑은 이별로 끝나지만

친절은 이별 같은 걸로 끝나지 않는다.

사랑하는 사람에게뿐 아니라 모든 인간에 대한 예의니까.

'옳은 일'과 '친절한 일' 둘 중에 택해야만 하는 상황이라면

'친절한 일'을 택하라.

내가 본 최고의 가족 영화, 〈원더〉. 남주인 어기의 담임선

생님 대사에서 배웠다.


적어도 남을 불편하게, 슬프게 하지 않는 것,

나아가 남을 편하게 기쁘게 하는 것이 친절이다.

내가 생각하는 '옳은 일'보다 더 중요한 일은

타인에게 '친절한 일'.

즉, 인간에 대한 예의를 지키는 일이다.

그 인간에는 어린이, 내가 아는 혹은 모르는 사람,

내가 혹은 나를 미워하는 사람,

그리고…… 더 이상 사랑하지 않는 사람도 포함된다.


뒤에 오는 사람 코 깨지지 않게

문을 좀 잡고 있는 것도 친절이고

음식 서브한 종업원에게 "고마워요"라고

인사하는 것도 친절이다.


'뭐가 고마워. 내 돈 내는데…… 얘는 월급 받고 지 일 하는

건데…… 내가 애한테 왜 고맙냐. 얘가 나한테 잘하고 감사해야지.'

이렇게 생각하는 사람들이 있다. 친절의 의미도 감사의 의미도 모르는 사람이다. 가끔 뉴스에 나오는 비행기, 음식점, 백화점 진상 고객들의 기본 마인드다. 기내 진상이 비즈니스칸에 있는 이유도 '야, 나 비싼 승객이야' 하는 마인드 때문이다.

몇 살이건 공들여 화장을 한 여성에겐 "예쁘세요", "참 고우십니다"라고 말해주는 게 친절이다.

"당신은 화장 안 해도, 아니 화장 안 했을 때가 더 예뻐."

남편이 내게 이렇게 말하던 때가 있었다. 물론 사랑하고 있을 때였다.

"눈 화장 하지 마. 보기 싫다."

"볼에 뻘건 칠은 와 하노."

사랑이 끝나자 바로 불친절한 멘트가 시작되었다. 왜 불친절이냐고. 내가 기분 나쁘니까 불친절인 거다. 그리고 요청하지 않은 평이나 충고는 다 지적질이다. 기분 아주 나쁘다. 매우 불친절한 거다.

이제는 뭐, 내가 화장을 했는지 안 했는지조차 관심이 없다. 내 얼굴 쳐다볼 일이 없다. 무관심.

사랑의 반대말이 증오가 아니라 무관심이라는 거 안다. 무관심 역시 불친절이다. 사랑까진 바라지도 않는다. 바란다고 될 일도 아니고.

사랑의 감정이 없어도 친절하기는 해야 한다.
그건 인간에 대한 예의니까.

"친절해라. 네가 만나는 사람은 모두가 힘든 싸움을 하고
있다."

_플라톤 //

그 남자

지금
뭐하나,

무도회의
수첩

*Happy Women Spend,*
*Unhappy Women Write.*

// "다섯 살 때 유치원 마당에서 혼자 놀고 있는데 예~쁜 얼굴을 한 수녀님이 공을 손에 들고 나한테 오셨어. 이렇게 이렇게 하는 거라고 공 치는 걸 보여주고는 내 손에 공을 쥐여주셨는데……."

거기까지면 '어~ 성당서 하는 가톨릭계 유치원에 다녔구나아~'일 텐데, 중요한 건 이 남자 그다음 말.

"그 수녀님 얼굴이 어찌나 예쁜지. 아아, 이 세상에 이렇게 예쁜 여자도 있나…… 생각했어."

유치원, 초중고 거칠 때까지 뇌리에 남은, 때로 강렬하게 떠오른 가장 아름다운 '여자' 얼굴이란다. 나름 예쁘다는 또래 여자나 주변의 어떤 여자도 그 수녀님에 비하면 그저 평범할 뿐이었다고. 그러니까 그 공을 준 수녀님이 초딩도 아닌 유딩의 언어중추엔 없는 표현이겠지만 최강 '섹스어필'이었던 것이다.

그으~래? 섹스어필. 나도 딱 다섯 살 때 그랬으니. 남편은 다섯 살 때 김천이라? 난 그 7년 후 다섯 살 때 광주였다.

아버지가 광주 기갑학교 교장이었다. 광주 동명동 기갑학교 근처의 관사에 살았다. 관사 근처 다리를 건너 쭈욱 가면 있는 동명유치원을 다녔다.

창이. 얼굴이 유난히 희고 예쁜 그 남자아이를 좋아했다. 당시 난 내가 보아도 별로 예쁘지 않았다. 지금 생각해보니 당시 예쁨의 기준은 우리 또래 여자애들이 갖고 놀았던 금발에 푸른 눈의 서양 여자아이 인형. 혹은 피아노나 문갑 위에 놓여 있던 유리상자 속 불란서 인형이었다.

곱슬한 웨이브의 금발 혹은 갈색머리에 긴 속눈썹 달린 커다란 파란 눈, 흰 눈 같은 피부, 발그레한 두 볼, 조그만 붉은 입술. 페티코트를 받쳐 입은 화려한 파티드레스나 발레 튜튜를 입은 10등신 미녀들이었다.

암튼 난 안 예뻤고 창이는 잘생겼다. 별로 말이 없었고 그림을 잘 그렸고 색종이 공작을 잘했다. 주제에 남자 외모와 능력 보는 건 그때부터였던 듯.

암튼 내가 안 예쁘니까 내가 그냥 우리 집에 가자고 하면 창이가 싫다고 할 것 같은 생각이 들었다. 우리 집에 가면 색종이가 많이 있는데 주겠다고 말했다. 창이가 선선히 고개를 끄덕이며 일어났다. 근데 주변에 있던 남자아이들이 "나도 나도" 하며 같이 가자고 몰려들었다.

정문에 항상 헌병 아저씨가 보초를 서 있는 우리 집 안이 어떻게 생겼는지 다들 궁금해했다.

"집 아니야, 관사야."

난 늘 엄마가 하던 말을 했다.

아무튼 다들 나와 창이를 따라나섰다. 중간에 지 엄마를 만나 집으로 끌려간 아이도 있었고…….

나는 창이의 손을 잡고 앞장서고 뒤에 남자아이들 일고여덟 명이 우르르 넓은 마당을 거쳐 현관으로 들어섰다. 아버지와 어머니가 마루에 서 있다가 깜짝 놀라며 우리를 보았다.

"아니, 이기이 벌써부터……."

내가 지금도 생생하게 그 어조까지 기억하고 있는 아버지의 대사.

당시는 그게 무슨 뜻인지 몰랐다. 다만 내가 뭔가 나쁜 일을 했다는 느낌뿐. 그 말을 한 아버지가 무조건 미웠다. 그리고 몇 년인가 후에 그게 무슨 말인지 알게 되면서 아버지를 더욱 미워하게 되었다. 결혼하고 딸이 유치원에 다닐 때쯤에 다시 그 말을 떠올리며 아버지를 더더욱 미워하게 되었고…….

유치원생인 다섯 살 딸이 남자친구 손을 잡고 집에 들어왔다고 "아니, 이기이 벌써부터……"라니. 그게 아버지가 할 말인가. 벌써부터 니가 남자를 밝히냐…… 그런 뜻이었겠지. 벌써부터? 정말 어이없다. 지금 생각해도 소름이 끼친다.

다시 그때로 가서…….

아버지의 "이기이 벌써부터……"에 이어서 "니들 다 집에
가! 어서!" 어머니가 소리 질렀다. 별로 사이도 안 좋은 부부
의 부창부수였다. 암튼, 창이와 남자아이들 모두 그야말로
빛의 속도로 뒤돌아 뛰어나갔다.

난 너무나 놀라 고개조차 돌리지 못하고 그대로 서 있었
다. 아버진 그 시간에 집에 없을 거라고 생각했고, 그리고 막
연히…… 엄마가 집에 온 친구들 모두에게 초콜릿과 눈깔사
탕을 줄 거라고 생각했었다. 당시 미군 장교들이 우리 집을
드나들면서 선물로 가져온 초콜릿이나 사탕, 비스킷 상자 등
이 잔뜩 있었으니까.

갑자기 아버지가 내 발을 뒤로 들더니 현관에 있던 고무
슬리퍼로 내 발바닥을 탁탁 때렸다. 아버지가 몹시 미웠고
친구들을 소리 질러 쫓아낸 엄마도 미웠다. 내 방에 쭈그리
고 앉아 오래오래 울었다. 당장 내일부터 유치원에 가서 친
구들 얼굴을 보는 게 두려웠다. 특히 창이에게 너무너무 미
안했다.

근데 유치원 안 간다고 할 용기도 없었다. 사실 집에 있는
건 더 싫었다.

유치원에서 나오는데 내가 싫어하는 아버지 짚차가 서 있
었다.

"타. 엄마가 너 태워 오래."

운전병인 이 하사 아저씨가 말했다.

차가 다리를 건너기 시작할 때였다. 반대쪽에서 아버지가 걸어오는 게 보였는데 그 순간, 아버지 몸이 다리 위 맨홀 같은 구멍으로 수직으로 쏙 빠져 들어갔다. 그래도 양손으로 다리 바닥을 탁 눌러서 몸이 전부 빠지지는 않고 다리 위에 상체만 딱 있었다.

"각카아~~."

외마디 비명과 함께 운전병이 차 밖으로 튀어나가 아버지를 끌어올렸다. 아버지는 손바닥을 탁탁 털며 차로 다가왔다. 난 아버지가 다리 밑으로 쏙 빠지지 않아 무척 실망스러웠다. 몸이 밑으로 쏙 빠지는 순간 날쌔게 양팔을 짝 벌려 바닥을 짚다니. 그 날랜 동작이 꼴 보기 싫었다. 나는 눈을 감았다.

"자나?"

아버지가 차 앞자리에 올라앉으며 말했다. 난 계속 눈을 감고 있었다. 내가 아버지의 죽음을 바랐단 미안함이 그 뒤로 아버지에 대한 미움의 무게를 조금은 경감해주었을까. 그렇진 않은 것 같다.

장정일 작가가 쓴 에세이에서 내가 깜짝 놀라며 공감했던 부분. 오래전이라 책을 찾을 수 없어 기억나는 대로 써보면 이렇다.

아버지는 어린 나에게 툭하면 매질을 했다. 그런 아버지가 병이 났다. 하루는 동네에서 제기차기를 하고 있는데 삼촌이 왔다.

"정일아, 니 아버지 돌아가셨다."

정말?

나는 제기를 힘껏 하늘 높~이 차올렸다.

아~ 이제 맞을 일 없다아~~.


앗, 그니까 이 작가도 아버지가 죽기를 바랐던 거네. 높이 차올렸던 제기가 높이 비상하는 작은 새의 모습으로 그려지는 순간 나는 알 수 없는 홀가분함을 느꼈다.

아무리 그래도 아버지인데 어떻게 그럴 수가 있냐고? 그럴 수가 있다. 아버지라도 나쁜 아버지면.

'사랑의 매'건 '훈육의 매'건 매의 이름과 때리는 의도와 상관없이 매질은 폭행이고 범죄다. 자식을 때리는 아버지는 나쁜 아버지다. 동화 속에서나 현실에서나 나쁜 사람은 죽어야 좋다.


나쁜 아버지라도 죽여서는 안 되지만
나쁜 아버지가 죽기를 바란다고 해서
나쁜 아이인 건 아니다.


아이는 엄마라서 아빠라서 좋은 게 아니다. '피가 땡겨서' 좋은 건 더욱 아니다. 낳아줘서 길러줘서 그게 고마워서 좋은 것도 아니다. 고마워서라니……. 누가 언제 낳아달라고 했나. 자기들이 멋대로 섹스해서 맘대로 낳은 거 아닌가?

아이는 엄마 아빠가 자기들한테 잘해주니까 좋은 것이다. 아이뿐 아니고 모든 인간이 마찬가지다. 자기에게 잘해주는 사람을 좋아한다. 자기를 해치거나 때리는 사람을 미워한다. 그건 인간뿐 아니고 생명을 가진 모든 존재의 생존본능이기도 하다.

잘해준다는 건 친절하다는 것이고 그 근간은 상대를 소중히 여기는 마음이다. 존중하는 마음이다. 부모에게서 존중받음으로써만 아이는 자신이 소중한 존재라는 걸 알아간다.

부모의 비난이나 매질로 아이가 배우는 건 뭘까.

아픔. 미움. 눈치 보기. 그리고 거짓말이다.

아이는 부모의 등을 보고 자란다.

이상현 선생님께서 강의시간에 언급하셔서 찾아본 1937년 흑백 프랑스 영화. 〈무도회의 수첩〉.

이탈리아 코모호수 근처 대저택의 여주인인 40대의 아름다운 미망인 크리스틴. 어느 날 서재를 뒤지다 우연히 발견한 젊은 날의 수첩. 열일곱 살 무렵 난생처음 무도회에 갔다가 느낀 특별한 기쁨과 더불어 같이 춤을 춘 파트너들의 연락처가 적힌 수첩이다.

이 아줌마, 어지간히 무료했는지 이 무도회의 수첩을 들고

이 남자들을 하나하나 찾아 나선다. 20여 년이 지난 지금 이 남자들이 어떻게 살고 있는지, 그때의 자기를 기억하고 있는지 궁금했던 것이다.

한 남자 한 남자의 과거와 현재가 파노라마처럼 펼쳐지며 로드무비 식으로 이야기가 전개되는데…….

크리스틴처럼 수첩을 들고 이리저리 물어물어 다니지 않아도 요즘은 옛날 알던 남자들의 근황을 엄지손가락만 까딱하면 알아낼 수 있다. 내 손안의 스마트폰이 '무도회의 수첩'인 것.

80년 전 무도회에 오는 남자가 어느 정도 신분이 있었겠듯이 지금도 이 남자들이 최하 대학교수나 유명 예술인, 특정 분야 전문가, 대기업 CEO, 고위공직자 정도는 돼야 폰에 뜬다. 이름 석 자 쳐서 안 뜨면 그냥 일반인 서민인 거다. 아님 일찌감치 가족 전체가 해외로 나갔거나.

연기자 송중기가 다섯 살이었을 때 딱 그 얼굴이었을 듯한…… 내 기억 속의 꽃미남 창이, 무도회의 수첩을 두드려보니 안 나온다. 가족이 다 이민을 갔을지도 모른다.

"이 몸이 새라면 이 몸이 새라면 날아가리.
저 건너 보이는 저 건너 보이는 작은 섬까지."

일곱 살 초등학교 2학년의 남자애 곤이가 중저음으로 이 노래를 불렀다. 갸름한 얼굴에 별로 말이 없었고 어딘가 의젓한 품격이 흘렀다. 그가 클래식 음악광인 건 아주 나중에 알았지만 그때부터 얼굴에 약간 지휘자 카라얀 같은 분위기가 있었다.

그리고 크레파스로 아주 빨리 화병에 여러 빛깔의 잔잔한 꽃이 가득 담긴 그림을 그렸는데 놀라웠다.

그 애와 집이 같은 방향이라 방과 후 나란히 걸어갔다. 나는《강소천아동문학독본》에서〈해바라기 피는 마을〉이라는 소설을 읽었는데 정말 재미있고 눈물 났다고 말했다.

"그래? 나도 사서 읽어봐야지.《강소천아동문학독본》이랬지?"

"엉."

그때였다. 곤이가 갑자기 저 앞을 보더니 "엄마아~~"하고 마구 뛰어갔다. 예쁘게 생긴 지 엄마에게 뭐라뭐라하더니 엄마 손을 꼭 잡고 흔들며 동양서림이라는 큰 서점이 있는 혜화동 로터리 쪽으로 나란히 걸어갔다.

유령인간. 갑자기 나는 완전 유령인간이 되어버렸다. 당시 내가 매일 읽던〈소년 한국일보〉에〈유령인간〉이라는 소설이 연재되고 있었다. 유령인간 사건 후 나는 그 애를 쳐다보지도 않았다.

그러나 잘생긴 건 확실해서 10년 후 대학 1학년 때 '명우회'라는 클럽에서 만났을 때엔 영화〈졸업〉을 찍을 당시의 더스틴 호프만(지금 빡빡 늙은 얼굴 말고) 분위기로 자라 있었다.

그는 내게《어린 왕자》,《금각사》,《위대한 개츠비》,《역사란 무엇인가》등의 책과 베토벤 7번 교향곡 LP판을 사게 해주었다. 10년 전 내가 그에게《강소천아동문학독본》을 사게 해주었듯이.

알바해서 큰맘 먹고 산 까만 노라노 바바리를 입고 한국다
방에 나온 나에게 내가 기대했던 대사, "예쁘다"가 아닌 "바
라리 좋다. 니 꺼야?" 이런 싸가지 없는 드립을 쳤지만.

이 남자의 근황은 무도회의 수첩을 두드려 알아낼 필요가
없다. UN에서의 지구적 활약을 전 매스컴이 안 궁금하게 알
려준다.


일곱 살 봄에 유령인간 취급을 당해 기분 완전 상한 후 다
음 해 봄, 3학년이 되자 진이라는 남자애가 눈에 쏙 들어왔
다. 목소리가 곤이처럼 울림 있는 저음이 아니고 좀 앵앵거
렸지만 배우 유아인의 여덟 살 때 얼굴 같은 이목구비였다.
작고 흰 바탕 얼굴에 눈썹이 짙고 입술은 새빨갰다. 화장한
여자처럼…….

선거 결과 진이가 반장, 내가 부반장으로 선출되었다. 당시
엔 무조건 남자애 중에 젤 표가 많이 나온 애가 반장, 여자애
중에 젤 표가 많이 나온 애가 부반장, 그랬다. 나중에 내가 딸
에게 그 시스템을 말했더니 진짜 어이 상실이라고 했다.


암튼, 엄마가 학교 뒷문 근처 자영이네 집 문간방 하숙생
인 서울대생을 선생님으로 잡고 공부 잘하는 애들 다섯으로
과외 그룹을 짜서 나는 매일 방과 후 그 선생 골방에서 과외
수업을 받았다. 진이는 그 과외 그룹의 청일점이었다.

어느 날 청일점이 흥분해서 말했다.

"울 엄마가 오늘 아기를 낳았어."

으잉? 모두들 깜짝 놀랐다. 집집이 3, 4, 5남매가 보통인 때였지만 그래도 우리가 여덟 살쯤 되면 엄마들은 생식이 끊기는 줄로 알았다. 그냥 막연히 아기를 더 이상 안 낳는 걸로 알았다.

더구나 서양 여배우같이 오뚝한 콧날에 타이트한 양장 차림에 하이힐 신고 또각또각 걷는 진이 엄마가? 당시 엄마들의 일상 외출복은 두루뭉술한 몸을 감추는 한복에 하얀 고무신이었다.

"남동생이래. 나 이제 외아들 아니당?"

요즘엔 대충 다 외아들, 외딸이라 '외' 자조차 안 붙이지만, 그때만 해도 무녀독남 외아들, 무남독녀 외딸은 드물었다.

외아들의 여덟 살 아래 친 남동생이라……. 같이 과외하던 무남독녀 외딸 계남이가 외쳤다.

"우리 엄만 뭐하는 거야~~."

그렇게 태어난 진이의 여덟 살 아래 남동생 아기는 그 후 무럭무럭 자라 세계적인 피아노 연주자 겸 명교수로 이름을 날리고 있고, '그냥' 교수인 형은 확 짜부라져 있다는…….

그래도 얼굴 생김새는 형이 훨~ 낫다. 무도회 수첩 사진 대조해보니…….


당시는 남자, 여자가 짝이 되어 긴 책상 하나를 공유했다. 가운데 금 그어놓고……. 넘어오지 마. 넘어온 니 팔꿈치 자를 거야.

짝이 꼴 보기 싫을 때나 시험 볼 때는 그 금 위에 시험지 꽂이 폴더를 펴서 세웠다. 넘겨다보지 마라.

내 앞에는 머리를 자꾸 귀 뒤로 넘기는 병이 있고, 목소리가 간사스러운 혜라는 애가 앉았고, 걔 짝이 바로 진이였다. 진이는 혜를 좋아했다. 뜻밖인 건 그 애가 나에 비해 별로 예쁘지 않았단 것.

내가 당시 유행하던 3원짜리 핑크 스펀지 매니큐어를 바르고 학교에 갔는데 혜가 뒤돌아 내 손을 보며 "매니큐어 발랐구나? 예쁘다아~"했다. 혜의 말에 진이도 뒤돌아 대각선에서 내 손을 보았다. 웃기는 대사가 이어졌다.

"으음~~(콧소리). 나도 스폰지 매니큐어 살까?"

혜가 두 손을 오그리며 자기 손톱을 들여다보았다.

나참, 그걸 왜 짝한테 물어보냐. 진이가 니 남편이라도 되냐? 어이없었다. 근데 더 웃긴 건 남편의 대사였다.

"저런 거 바르지 마아~. 손톱 상해~."

지랄! 너무 화가 났다.


그날 쉬는 시간에 나는 분필 터는 긴 막대기로 혜의 머리통을 쾅 쳤다.

"떠들지 마."

그러고는 떠든 애 명단에 혜의 이름을 올렸다. 당시에는 반장, 부반장이 떠드는 애들 머리를 막대로 때릴 수 있는 권한을 갖고 있었다. 지금 생각해보면 말도 안 되는데 그땐 그런 식으로 가정이고 학교고 폭력이 만연해 있었다.

난 단지 촉감이 좋다는 이유로 대머리인 상하라는 남자애의 머리통을 갈기기도 했다. 단지 손맛 때문에……. 걔는 떠들지도 않았건만. 근데 상하가 운동장에서 주운(혹은 빼앗은) 오자미 하나를 내게 갖다 준 이후론 더 이상 그 손맛을 추구하지 않았다.

대머리는 때때로 기계로 적당히 돌려 깎은 내 연필을 칼로 길고 날카롭게 깎아 샌드페이퍼에 살짝 문질러 내 필통 속에 넣어주기도 했다. 그 뒤론 걔가 떠들어도 안 때렸다.

적폐 부반장 나. 나와바리 술집에서 보호금을 수수하고는 더 이상 괴롭히지 않는 조폭 깍두기 비슷했다. 지금 생각해보니.

나한테 막대로 한 대 맞은 혜가 마치 뇌진탕 내지 전치 3주 중상이라도 입은 듯 책상 위로 상체를 쓰러뜨리며 흐느꼈다.

"야! 최연지!"

"왜."

"우리 혜, 떠들지도 않았는데 왜 때려!"

진이가 벌떡 일어나 소리치더니, 빨간 입술을 앙다물며 나를 쏘아보았다.

우리 혜?

"떠들었어! 내가 봤어!"

나도 소리 질렀다.

"짝인 내가 떠드는 소리를 못 들었는데 니가 칠판 앞에서 어떻게 알고 와서 때린 거야."

진이가 곧 나를 한 대 칠 듯 나서자 웃기는 건 혜가 진의 팔꿈치를 잡으며(새끼손가락만 뻗쳐서) 우아하게 말리는 시늉을 하는 것이었다.

"나 괜찮아아~~."

이때 유리창 쪽의 대머리가 벌떡 일어났다.

"혜 떠드는 거 내가 봤어!"

흐뭇했다.

"너 주욱어, 새끼!"

진이가 대머리를 향해 주먹질을 하자 혜의 대사.

"으으응~~(콧소리) 욕하는 거 싫어어~~."

어이없었다. 저만 착한 애인 양. 누구는 뭐 욕하는 거 좋나?

더 속 뒤집어지는 일은 겨울, 크리스마스 무렵에 일어났다.

문방구에서 파는 3원 혹은 5원짜리, 혹은 금박이 박힌 10원짜리 크리스마스카드를 사서 안의 흰 종이에 인사말을 써서 친구들에게 직접 전하는 게 유행이었다.

우리 반에서 공부 1등 하는 남자애 영이가 혜에게 카드를 준 게 발단이 되어 진과 영, 두 남자애가 내 코앞에서 싸움을 벌였다. 혜를 가운데 두고 진은 옆에 앉아서…… 영은 혜 옆에 엉거주춤 서서. 주고받는 대사가 가관이었다.

영: "야, 혜가 니 꺼야?"

진: "그래. 내 꺼야."

영: "어떠케서 니 꺼야. 니가 샀어?"

진: "샀어. 내가 샀어."

영: "뭐 주구 샀어?"

진: "내 마음을 다 주고 샀어."


이어 앞문으로 선생님이 들어와 세 명 둘레에 뺑 모여 있던 모두들 흩어졌는데…….

맨 끝에 진의 대사가 쇼킹했다. 내 마음을 다 주고 샀다니……. 혜가 얼마나 좋고 독점하고 싶으면 저런 표현을 할까.

진도 밉고 혜는 더 미웠다.

혜는 내내 책상에 얼굴을 파묻고 있다가 선생님이 들어오시자 상체를 일으켰다. 반장 애와 1등만 하는 애가 소유권 다툼을 벌인 이유인 혜의 뒤통수가 내 코앞에 있었다. 컴퍼스 뾰족한 끝으로 뒤통수를 콱 찌를까 생각했다. 찌르고서 니 머리카락에 기는 이를 찍어 터뜨렸다고 해야지. 지금 생각해보니 폭력가정의 아동은 역시 범죄 상상의 결이 다르다.

필통에서 컴퍼스를 집어 드는 순간, 혜가 뒤돌아 날 보더니(눈 찌를 뻔 했잖아) 배시시 웃으며 카드를 내밀었다. "앗차암~~"하며.

앗참은 무슨…… 하는데 진이가 혜의 동작을 신통방통한 듯 바라보며 아빠 미소를 지었다. 예쁘기는커녕 앉은 채 어퍼컷으로 턱뼈를 함몰시키고 싶은 얼굴이었다.

겨울방학을 지나 곧 4학년이 되었고 그때부턴 남자 반 여자 반이 따로 나뉘어 차라리 좋았다. 눈 시릴 꼬라지들 안 봐서.

1등만 했던 영이는 9년 후 대학 1학년 때 명우회에서 만났고, 영이가 회장, 내가 부회장을 했다. 무도회 수첩을 두드려 보니 영이는 장안의 부자들 돈을 갈퀴로 긁어모은다는 유명 로펌의 파트너 변호사다.

  중3 때, 어느 봄날.
  광화문 크라운제과 2층에서 친구랑 사라다빵을 맛있게 먹으며 칼 샌드버그의 〈시카고〉라는 시 얘기를 하고 있는데 경기중 교복을 입은 남자애가 달랑 내 대각선 자리에 앉는다. 그러니까 내 친구의 옆자리.
  나도 내 친구도 빵 씹다가 어리둥절해서 쳐다보니 진이였다. 개코도 안 반가웠다.
  근데 얘, 웃지도 않고 대각선에 앉은 나를 꽤 준엄한 얼굴로 바라본다. 내 시선은 얘 이름표에 가 있는데……. 진이 맞네.
  "바깥에 날씨도 좋은데 이런 어두컴컴하고 공기도 안 좋은 데서 무얼 하는 거지?"
  우선 대사가 어이없었다. 무얼 하긴……, 보면 몰라? 빵 먹지. 글구 여기가 뭐가 어두컴컴하냐.
  내 친구가 나와 옆자리 진이를 번갈아 보며 희한하단 표정을 지었다.
  입꼬리를 올리며 한마디 했다.
  "나 너 같은 가정교사 둔 기억이 없는데?"
  순간 내 친구가 쿡 웃었고, 진은 떫은 표정으로 모자를 만지며 일어났다.

"근데 넌 여기 왜 온 건데?"

"선배한테 원고 받으러 왔어."

계단을 빠른 걸음으로 내려가는 진을 내려다보며 픽 웃었다.

선배 원고를 왜 빵집에서 받냐?

"디게 잘생겼다, 얘."

"예쁘지."

탤런트 김승우 열네 살 때 같은 얼굴이었다.

그리고 30년이 지나 완전 김승우 현재 얼굴이 된 진은 교수로, 난 같은 대학의 시간강사로 캠퍼스에서 마주쳤다. 학교 앞 호프집에서 맥주 각 한 병씩 마시고 헤어졌다.

"김승우 닮았다고 안 그래?"

"그 소리도 듣는데…… 내가 쪼끔……."

"더 낫지."

어제 카톡 열 번 주고받은 친구랑은 오늘 만나도 할 얘기가 많은데 근 30년 만에 만난 친구랑은 할 말이 별로 없었다.


이대 정문 건너편의 구두병원 옆으로 삐걱거리는 나무계단을 올라가면 대학로 학림다방 느낌이 나는 이삭다방이 있었다.

대형 선박 갑판 같은 느낌의 낡은 마룻바닥. 전체적으로 나뭇잎 모양의 약간 어둑한 실내에 장중한 클래식 음악. 장독 질감의 다갈색 투박한 커피 잔.

유리박스 안에 디제이가 앉아 있다. 헤드폰을 끼고서. 유리
벽 밑구멍으로 들어온 메모에 적힌 신청곡이나 혹은 저 듣고
싶은 곡을 골라 튼다. 모차르트와 차이코프스키를 좋아하는
듯. 무교동 음악다방 DJ처럼 목욕탕 음성의 유치한 멘트 같
은 건 없다.

판을 바꾸려고 들어 올릴 때 보니 턴테이블에 허무虛無라
고 쓴 단정한 검은 붓글씨. 한자로…… 허 자 저거 쓰기 어려
운데 지가 썼나?

유리벽 안에 지대한 관심이 있는 건 판돌이의 얼굴이 완전
그리스 조각상 같아서다. 아그리파 말고 줄리앙. 근데 피부
가 희진 않고 거무스름하다. 보기 싫게 꺼먼 건 아니고 약간
선탠 필. 운동하나?

화장실 가려는지 나갈 때 보니까 큰 키에 균형 잡힌 몸매
다. 터틀넥 스웨터에 연대 교복 상의를 입었는데 어깨가 넓
고 허리가 가늘어 뒤에서 보면 완전 역삼각형 상체다.

암튼…… 왜 이렇게 나는 남자의 수려한 외모에 집착할까.

"내가 꼴에 남자 외모 보잖니……"라고 친구들에게 우스
개처럼 말하지만…….

누굴 좋아하든 누구에게 집착하든 내 자유지, 예뻐야 잘생
긴 남자를 좋아할 자격이 있는 건 아닌데, 내가 '꼴에'라고 붙
이는 건 스스로가 예쁘지 않다는 자격지심일 거다.


"너는 니 아버지 닮아 얼굴이 누르티티하고 못났고 짜리몽
땅하니 너 같은 애는 공부마저 잘하지 못하면 진짜 볼 모양

이 없는 거야."

　아버지와 달리 희고 키가 큰 엄마한테서 어릴 때부터 내내 반복하여 들어온 말. 지금 생각해보면 엄마의 의도는 나에게 상처나 모욕감을 주려는 게 아니고 공부를 더 열심히 하게 하려는 것이었을 터.

　그러나 엄마의 교육적 아니 권학적 의도와 달리 난 그런 말을 들은 날이면 못생긴 아버지가 더 미웠고 공부는 더 안 하고 만화책을 더 열심히 봤다.

　예쁜 여자 입이 뺨에 붙은 조원기 만화 《미미와 리리》 100권, 강부호의 《외로운 은주》 100권, 《부엌 숙이》 100권 기본 완독했고, 페이지마다 여섯 칸으로 나눈 산수 공책에 만화를 그려 친구들한테 돌리기도 했다. 제목은 잊었다. 영숙이와 머시기였는데…….

　"별명이 7번인 거 아시능가 모르겠네에~."

　부산 억양의 목소리에 보고 있던 소설책에서 눈을 드니 맞은편에 거무티티한 피부에 안경까지 아버지랑 닮은 남자애가 앉아 있다. 연대생이고 판돌이의 부산고등학교 선배란다.

　7번은…… 내가 아무도 신청하지 않는 베토벤 7번 교향곡을 자주 신청해서 판돌이가 붙인 별명이라고.

　으잉? 7번이고 뭐시고. 판돌이 언급에 내 눈에서 섬광이 나왔다. 짐짓 무심한 척하면서 줄리앙의 이름, 과(도서관학과), 학년(2학년)까지 알아내고 혹시 무슨 운동하는가 물었더니 "저너마아…… 바디빌딩 어어씨 함니더" 한다.

아아, 바디빌딩……. 어쩐지.

안경은 손에 페이퍼백 영어 소설책을 들고 있었다. 다방 같은 데서 영어 원서 소설책 읽고 있는 애 중에 영문과 학생은 하나도 없다에 한 표. 안경은 교육학과였다. 영문과생인 내가 무색하게 영어 소설을 많이 읽었고 거의 모든 클래식곡의 작품번호까지 외우고 있었다.

나는 7번이고, 이삭다방의 다른 부산 죽순이들 별명까지 알려주었다. 쇼팽의 발라드를 너무 잘 쳐서 발라드라는 별명이 붙은 이대 피아노과 여학생. 가끔 보는 백설 같은 피부의 미인이었다. 그녀는 유명한 재벌의 부인이 되어 있다.

백설과 함께 오는 여자는 국문과. 김성동의 소설《만다라》에 나오는 표현을 빌리면 '솜씨 좋은 요리사가 회칼로 자알 발라내도 반 접시가 나올 듯 말 듯한' 마른 몸에 스트레이트로 엉덩이께까지 내려온 숱 적은 머리. 밤에 인적 없는 곳에서 마주치면 헉! 소리 하고 자빠질 귀신 필인데…… 별명은 70년. 엘리자베스 테일러가 100년에 하나 나올까 말까 한 세기의 미인이면 자기는 70년에 하나 나올까 말까 한 미인이란다. '설마 귀신 본인이 그런 말을……' 싶게 입을 거의 열지 않고 발라드랑 마주 앉아 음악에만 몰두해 있다.

"태양은 머시기(잊었다 근데 '가득히'는 아니다)에 나오는 이태리 여배우 모니카 비티같이 생겼어요."

그때도 지금도 나는 모니카 비티가 누군지 모른다. 알아보고 싶지 않다. 혹시 누르티티~하고 못생기고 짜리몽땅한 여

행복한 여자는 글을 쓰지 않는다

자일 수도……

  그러나 안경의 말 톤도 진지하거니와 아무튼 여배우같이
생겼다면 예쁘단 의미일 테니 일단 미소가 떴다.

  안경이 음악실로 기어 들어가고 판돌이가 기어 나와 발라
드와 70년의 자리로 가 앉아 담배를 피운다. 셋 다 그림처럼
말이 없다.

  허무 위에 LP 판이 얹히고 모차르트의 〈그대는 아는가 사
랑의 괴로움을〉이 시작되었다. 이태리 여배우 같다는 대사의
배경음악으로 내 기억에 남아버린 성악곡이다.

  (나중에 인터넷에서 찾아보니 영화 〈태양은 외로워The Eclipse〉의
여주인공 모니카 비티Monica Vitti였다.)

  그로부터 16년 후.

  "이 작가 선생님…… 고려합섬으로 시집간 탤런트 나옥주
닮았네요."

  신인상 수상 후 라디오 프로 〈황인용 강부자입니다〉에 출
연하게 되어 처음 만난 강부자 씨의 대사였다.

  그때 난 나옥주가 누군지 몰랐다. 그래도 예쁘니까 재벌이
랑 결혼했겠지. 적어도 모니카 비티보단 확실했다.

  "가만있자. 김혜자도 좀 닮았네."

  확실하게 기분이 좋아 미소가 떴다.

  "안 그래요? 그쵸?"

  강부자 씨가 옆에 앉은 황인용 씨를 돌아보았다. 그런데
이 황인용 씨…… 아무 대꾸 없이 큐시트만 바라보고 있다.

그 뒤부터 난 황인용 안티고 강부자 광팬이다.

〈한국일보〉 외신부 수습기자 할 때 외신 텔렉스지 들고 복도 건너편 〈코리아타임스〉 편집국으로 들어갔는데, 영화 〈애수〉에 나오는 로버트 테일러가 앉아 있었다. 로버트 테일러의 장교복 트렌치코트 색깔인 크림색 반소매 드레스셔츠에 짙은 감색 넥타이 차림이었는데 어깨가 딱 벌어진 역삼각형 상체였다.

날 보고 웃은 건 아니고 옆의 부장과 얘기하며 웃는데 수려한 얼굴이 환하게 빛났다. 주변의 모든 남자들을 일시에 초토화(추남화)시키는 광채를 뿜었다. 그 광채랑은 결혼을 했기에 무도회 수첩 명단엔 없다.

근데…… 육체파 여배우 라켈 웰치를 좋아하던 로버트 테일러가 어찌하여 라켈 웰치를 위에서 꾹 눌러놓은 듯한 짜리몽땅이를 선택하였을까. 소위 콩깍지라는 사랑의 착시현상?

근데 앗 하는 순간, 자식이 둘……. 그런 착각 안 했어도 어차피 결혼은 누구에게나 후회천만이다.

같이 무도회에서 춤을 춘 건 아니지만 안경의 이름 석 자를 분명히 기억하기에 무도회 수첩을 두드려봤더니, 안경은 미국의 거의 아이비리그대학에서 교육학 박사를 하고(역시~~) 서울(에 있는) 대학의 교수로 있다가 앗, 몇 년 전 성추행으로 면직되었다.

영문학과 고전음악에 그리도 해박했던 교육학 박사가 성

추행범? 하긴 시집을 두 권 낸 시인인 내 엄마도 아동학대범 아닌가.

영화 〈무도회의 수첩〉은 마지막 명단의 잘생긴 귀족 남자가 저택 분수 앞에 앉아 있는 걸 여주가 발견하고 반가워 이름을 부르며 달려가는 것으로 끝난다. 남자가 일어난다.
"아버진 얼마 전에 돌아가셨습니다."

나의 무도회 수첩 두드려보기도 성추행 교수 대목에서 끝난다. 재미 실종. 의미 상실. 완전 맛이 갔다.
앞으로 이들의 이름은 종이신문의 부고란에서나 보게 될 것 같다. 몇몇 셀럽은 인물 흑백사진도 실리겠지. 늙은 얼굴 별로 안 보고 싶은데…….
잘 키운 아들 딸 사위 며느리 직함까지 나올 거다. 하나도 안 궁금한데……. //

절실함의
비결은          '킬!'

죽여야
한다

*Happy Women Spend,*
*Unhappy Women Write.*

// 원, 한낱 영화 하나가 사람 가슴을 이리도 찢어놓나.

〈브로크백 마운틴〉.

중국인 천재 감독 이안이 만든 영화다.

한 번 본 영화의 여운이 오래오래 록키산맥의 구름 양떼마냥 징그럽게 휘감고 돌고 돌며 가슴을 찔러대니 두 번은 보고 싶지 않다.

한 번으로 족하고도 남는다.

Once is more than enough! (억, '결혼'도 이런데⋯⋯.)


영육 공히 하는 사랑은 어차피 유한한 것,

원도 한도 없게 활활 불타올라 완전연소 후

하얗게 재가 되어야 한다.

둘이 일단 끝까지 가서

제대로 끝장을 보아야 한다는 말이다.

이건
남녀의 사랑이든
남남의 사랑이든
여여의 사랑이든 똑~같다.

목말라 배고파 죽지 않고
마음껏 충족하고 포식하다 배 터져 죽어야 한다.
매번의 사랑이 그렇게 끝나야 한다.
안 아름답게…….
한쪽의 비극적 죽음 같은 거 절대 없이…….
그래야 새로운 사랑을 바로 또 시작할 수 있다.
그렇게 사람은 일생 동안 사랑을 하며 사는 것이다.

사랑이라는 관점에서만 봐도
온전히 행복한 인생도 온전히 불행한 인생도 없다.
행복과 불행이 계속 현란하게 교체되는 것이 인생이다.

누가 그걸 모르나. 나도 알고 너도 안다.
그런데 작가가 그런 걸 쓰면 시청자는 외면한다.
그래서 뭐 어쩌라고……. 뻔해서 지겹다고 욕한다.
카타르시스의 기본 콘셉트도 모른다는 둥 운운하며
작가 역량부족이라고 인터넷에 뜬다.

남녀, 남남, 여여…… 어떤 조합의 사랑이든

어떤한 이유로 마음껏 충족되지 못할 때,
즉 실컷 만나 지겹고 싫어질 때까지 같이 있지 못할 때
그 타오르는 갈증의 불길 때문에
사랑이 환상적인 아름다움을 갖게 된다.

물론 제삼자가 그림으로 보기에 그렇다.
당사자들은 그야말로 타는 목마름으로
가슴이 갈라지고 터진다.
마음껏 연소되어 재가 되면 후련할 텐데
불완전연소된 불길의 매캐한 연기가
연신 눈알을 후벼 파고 찌른다.

그런데 어떤 조합이든 두 사람이 사랑할 때
둘이 똑같은 정도로 사랑하는 일은 없다.
더 사랑하는 사람이 있고 덜 사랑하는 사람이 있다.

둘의 만남에 객관적 장애가 있을 때
더 초조한 '더'는 덜 초조한 '덜'에게 앙탈을 부리고
이에 시달린 덜은 어느 순간 결별을 선언해버리게 된다.
본의 아니게.
더가 싫어서가 아니고
더가 고통스럽게 안달복달하는 걸 보는 게 넘 힘들어서.

그렇게 헤어져 있는 동안에 더가 죽는다. 꽝!

작가는 더를 콱 죽여버린다. 어떻게?
병사가 아닌 비명횡사. 사고사로 간다.
왜? 그래야 만나지 말자고 했던 덜이
괴로워 미치고 팔짝 뛴다.
덜의 비통함, 슬픔, 회한을 철저히 극대화시켜
관객에게 카타르시스를 선사하는 것이다.

영화 〈브로크백 마운틴〉에선 덜인 에니스가
더인 잭에게 보낸 편지가 반송되어 온다.
'수취인 사망'이란 스탬프 클로즈업.
임팩트가 엄청난 극적 컷이다.
잭의 어이없는 사고사.

"잭이 브로크백 마운틴이라는 데에 뼛가루 반이라도 뿌리
고 싶어 했죠. 좋아하는 술집 이름인가 본데, 아시겠네요."
   전화선을 통해 들려오는 잭 아내의 차분한 음성에 에니스,
폭풍눈물 쏟는다.

눈부신 만년설로 뒤덮인 로키산맥.
8월의 브로크백 마운틴 양떼 방목장.
갓 스무 살의 두 청년.
서로를 보살펴주며
엄청 힘들고 외롭고 위험한 일을 같이하다
격렬한 사랑에 빠지게 되었던 브로크백 마운틴.

에니스의 처절한 슬픔, 뼈아픈 회한의 여정이 시작된다.
잭이 부모와 살던 집을 찾아간다.
아들의 뼛가루는 온전히 다 가족묘에 묻힌다.
뼛가루 안 가른다는 잭 아버지의 말.
이층 잭의 방으로 올라가 잭이 자기랑 같이 일할 때 입었던
청 윗도리 하나 움켜쥐고 나온 에니스.
자기 가족과도 헤어져 산속 오두막에서
백발이 성성하도록
혼자 비현실적으로 청승 떨며 살고 있다.
다 큰 딸이 남친의 자동차를 몰고 와
아버지 에니스에게 자기 결혼 날짜와 장소를 알린다.
사랑하면 같이 살아야 한다며
결혼을 축하하는 아버지 에니스와 딸의 건배.

딸은 가고 다시 빈집에 혼자인 에니스.
옷장 문을 열면 그리운 브로크백 마운틴 풍경 사진.
그 밑에 잭의 청 윗도리에, 에니스 자기 옷을
마치 잭의 상체를 안듯이 감싸 입혀 걸어놓았다.

에효오~
웬 주접에 청승일까 싶지만
잭의 옷을 어루만지는 에니스의 눈빛이 넘 애절해서
가슴에 진짜로 동통疼痛이 온다.

영화의 엔딩인 에니스의 대사.
절절, 간절, 처절하다.

"Jack, I swear……."
잭, 맹세할게…….

얼마나 얼마나 잭이 원했던,
듣고 싶어 안달했던,
근데 죽을 때까지 듣지 못했던 에니스의 대사인가.

스무 살에 첫사랑을 나누고 아프게 헤어졌다가
4년 후에 다시 만나고
20년간 잠깐씩 격렬하게 목마른 사랑을 이어오다가
다시 찢어진 후
마침내 죽음으로 완전히 헤어진 두 사람.

에니스의 슬픔.
살아남은 자의 슬픔.

그건 회한의 자책, 자기 처벌,
후회의 아픔이라는 형벌을 자진 감내하는 사람의 정서다.

문득 브레히트의 시 〈살아남은 자의 슬픔Ich, der Uberlebende〉
의 마지막 연이 떠오른다.

'그러자 나는 자신이 미워졌다.'
자기가 자기를 미워하는 게 얼마나 고통스러운 일인가.
인간의 끊임없는 자기합리화도
다 자기를 사랑하고 안 미워하기 때문인데…….

자기가 너무너무 미운 사람은 자살도 아니 한다.
자길 죽이면 고통도 끊어지니까…….
자기 응징의 처벌을 중단하지 않는다.
안 죽고 살아야 계속 자기를 미워할 수 있으니.

잭의 귀신이라도 나타나서 혹은 꿈에라도 나와서
"에니스, 너의 잘못이 아니야.
니가 이렇게 혼자 청승 떨며 사니 내가 괴로워.
날 위해서라도 널 사랑하는 가족과 함께 행복하게 살아.
제발 부탁이야. 내 말 들어줘, 에니스."
이래주면 모를까.
작가도 안다.
근데 이러면 작품의 애절한 엔딩을 망친다.
다 된 죽에 코 빠뜨리는 격이 된다.

해원解寃이라고 하여 굿을 하는 무당이 죽은 사람이 빙의했
다며 죽은 사람 목소리로 하는 말의 내용이 바로 이런 것이
다. 목적은 죽은 자 땜에 괴로운, 살아 있는 사람의 마음의 평
화다. 산 자가 무당의 고객이니 고객만족 내지는 고객감동까

지 가야 무당 영업에도 미래가 있다.

살풀이굿의 역할도 같다. 살을 풀어서 고객의 걱정을 없 애주고 마음의 평화를 주어 행복한 일상으로 돌아가게 하는 것. 요즘은 그 역할을 심리치료사, 상담사, 정신과의사들이 하니 질펀한 굿판 구경도 힘들다.

무당의 존재는 이제 "너 작두 타냐?" 하는 농담 속에나 있 는 모양이다. 앞일을 잘 맞춘단 칭찬인데 "저기…… 작두가 머신데요" 하면 것도 끝이다.

원작소설이든 영화든 작품 〈브로크백 마운틴〉의 테마는 '금지된 사랑의 비극'이다. 그게 작가의 What to Say다.

이 비극의 주제를 어떻게 하면 끔찍하게 설득력 있게 펼쳐 내느냐가 How to Say, 즉 작법이다. 여기에는 천, 지, 인의 설 정이 있다.

하늘 천天, 시기 설정이다.

1963년.

이 숫자는 첫 씬에 뜬다. 주인공이 모는 고물차, 아니 고철 차가 달리는 황야 위로 확실하게 자막으로 뜬다. 동성애자들 에 대한 일반인의 인식이 아주 고약한 때로 갔다. 비정상인 심지어 범죄자 취급하던 시기로. 그래야 자신도 모르게 서로 깊이 사랑하게 된 두 남자의 극심한 고통이 극대화된다.

동성결혼까지 합법화된 요즘으로 가면 둘의 고통은 평판 걱정이나 불이익 우려로 느껴져 사랑의 진정성마저 훼손되어버린다. 비극은커녕 공감 제로다.


땅 지地, 지역 설정이다.

로키산맥 언저리 산간벽촌, 엄청 보수적인 농업지역 소읍이다. 진보적 사고방식의 지식인도 살고 다양한 라이프스타일이 존중되는 대도시가 절대 아니다.

어린 시절 에니스의 아버지는 에니스를 냇가로 끌고 간다. 동성애자라는 이유로 성기가 뽑히고 온몸이 피떡이 되게 맞아죽은 남자의 처참한 시체를 보게 한다.

"똑똑히 봐둬. 이렇게 되는 거야."

동성애 금기에 대한 그 끔찍한 기억은 에니스로 하여금 잭과의 사랑에서 더와 덜 중 덜이 되는 원인으로도 작용한다.

둘이 일을 그만둔 몇 년 후 잭이 다시 브로크백 마운틴의 양떼 목장 주인을 찾아간다.

목장주: "니가 여기서 할 일은 없어."

잭, 시선 떨구며 손에 든 카우보이모자를 만진다.

잭: "혹시…… 그동안 에니스가 여기 온 적은 없었나요?"

목장주: "아니. 너희 두 놈이 산속에서 한창 재미 보는 동안 내 양은 늑대한테 당했지."

잭, 흠칫 놀라며

목장주: "알아들었으면 빨리 꺼져, 새끼야!"

이런 사람들이 사는 땅으로 간다.

사람 인시, 인물이다.

자신의 동성애 성향을 전혀 몰랐던 상태에서 어느 순간 격렬한 사랑에 빠진 갓 스무 살의 두 남자다.

학력: 둘 다 고등학교 중퇴.

가정환경: 에니스는 부모가 일찍 죽고, 형과 누나랑 살다가 누나가 시집갔고, 형이 결혼해 형수가 들어오자 집을 나왔다. 결혼할 여친이 있다. 잭은 가난한 농가의 외아들로 아들을 엄청 갈구어대는 아버지와 착하기만 한 엄마가 있다. 가끔 로데오 경기에 참가해 용돈을 번다.

캐릭터: 둘 다 남을 배려하는 다정다감한 성격. 상처를 잘 받고 독하지가 못하다. 금기의 사랑을 밀고 나가기엔 꽤나 불리한 취약점이다.

이렇게 주제, 소재는 물론 천지인의 설정까지 작가는 자기 속에서 꺼낸다. 어디서 가져와 쓰는 게 아니고 자기 속에서 끌어올린다. 두레박을 깊은 우물에 담가 천천히 물을 퍼 올리듯.

작가 속 우물엔 우선 작가의 제한된 1차 경험(험난하고 상처가 많을수록 유리하다. 불행한 경험이 돈이 되는 유일한 직업이 작가다)과 엄청난 분량의 2차 경험(주로 독서, 아직까지 독서광이 아닌 작가를 본 적이 없다)이 녹아 있다.

양질의 물이 풍부할수록 좋은 작가다.


작가 수련 시절.

생업(동시통역)을 망쳐가면서 2주에 단막드라마 한 편씩 써서 이상현 선생님께 보여드렸다. 빨리 데뷔하고 싶어 마음만 조급했다.

(미소) "애썼어요~."

(썩소) "네에~ 근데…… 어때요, 선생님~~?"

난감해하는 선생님의 표정이 떠오른다.

"우물에 물이 안 고여 있는데 자아꾸 퍼내니…… 흙이 나오잖아."

흑, 흙이라고요?

살이 떨려서 두 손을 꽈악 모아 쥐었던 기억이 난다. //

사람의
피가

100도로

끓는
세 가지
상황

*Happy Women Spend,*
*Unhappy Women Write.*

// 사람의 체온은 36.5도.
근데 이게 100도로 끓어올라버리는
세 가지 경우가 있다.
뭘까.

이상현 선생님께서 드라마 수업 중에 말씀하셨다.
셋이 똑같은 비중이니 1, 2, 3이 아니고 1, 1, 1이다.
뭐지? 살인 목도……, 피살 위협?

1. 전쟁이다.
1. 혁명이다.
1. 사랑이다.

셋의 공통점은 삶과 죽음이 교차되는 극한 상황.
이성이 마비되어 사람이 그만 뼁~ 돌아버리는 상황이다.

전쟁…… 적군이든 아군이든 피아간에 아들 잃은 엄마들의 참척 피울음. 부모를 잃은 아이들, 가족, 연인을 잃은 사람들의 애끓는 울부짖음.

언제 죽을지 모르는 초 불안. 종이에 손가락을 베어도 한참을 쓰라린데 총알이 몸을 뚫어 피칠갑을 하고 널브러진 시체, 시체들.

극한 상황에서 자기 목숨을 걸고 타인의 목숨을 구하려는 사람의 이야기는 숨이 멎을 정도로 아름답고 아프다.

전쟁을 배경으로 한 영화에 감동적인 명대사가 나오는 건 당연하다.

"한 사람의 생명을 구하는 것은 인간이 할 수 있는 가장 고귀한 일이다."

_영화 〈덩케르크〉에서
개인 요트를 몰고 영국군을 구하러 떠나는 노인 대사

(부끄러워하며) "왜 이렇게까지 해주시는 거예요. 우린 그저 구조되어 살아난 것뿐인데."

(맥주 부어주며) "살아남았다는 건 굉장한 일이야."

_영화 〈덩케르크〉 엔딩 중에서

"어이, 북한! 너 아까 그 사람 내버려두고 나갈 수 있었잖아. 넌 살 수 있었잖아. 왜 그랬어?"

"사람 살리는 데 무신 특별한 이유가 필요하간?"

_영화 〈PMC: 더 벙커〉 중에서

부상당한 북한 의사 이선균이 담담하게 치는 대사. 무심한 듯 내뱉어서 더 섬뜩하게 감동적이다. 왜 그랬냐고 묻는 주인공 하정우 역시 낙하산 사고에서 동료를 구하다 의족 신세가 된 몸이다. 이선균의 이 담담 대사와 천연덕스러운 표정을 본 후 이선균이라는 배우에 대한 생각이 달라졌다. 〈PMC: 더 벙커〉가 〈터널〉이나 〈더 테러 라이브〉처럼 하정우 혼자 해먹는 원톱 영화로 알았는데 아니었다. 하정우, 이선균의 뛰어난 버디영화였다.

혁명…… 이 역시 전쟁과 마찬가지로 생사일대사의 상황이다. 민중의 사람다운 삶을 위한 투쟁을 독재자는 총칼로 잔인하게 진압한다. 인간의 기본권리인 자유와 인간다운 생존을 쟁취하기 위한 항거. 정의와 자유를 외치며 죽어가는 민중의 유혈이 낭자한 광장과 산골짜기들. 작품의 주인공은 물론이고 작가 자신도 피가 완전 끓어 뚜껑이 열려버린다.

그리하여 영국 시인 바이런은 애인, 연인, 여친 다 팽개치고 그리스 독립항쟁에 다리를 절뚝거리며 달려갔고, 사비를 털어 용병까지 소집해 싸우다 병사했다.

미국의 소설가 헤밍웨이는 대서양을 건너 스페인 내전에 참전하여 부상을 당했다. 그 경험을 살려 쓴 소설《누구를 위하여 종은 울리나》. 주인공 로버트 조던은 게릴라전에서 다리 폭파 작업을 했던 헤밍웨이 자신이기도 하다.

'쉽게 쓰여진 시'를 고민하던 시인 윤동주. 교토의 6첩 다다미 하숙방을 뛰쳐나와 송몽규와 합류, 조선의 독립운동을 하다 투옥되고 결국 옥사했다. 해방된 조국도 보지 못하고.

사랑…… 전쟁과 혁명같이 피가 끓어오르는 생사일대사로서의 사랑만이 작품성을 가진다. 목숨을 건 단 하나의 사랑, 나의 생명을 바쳐도 아깝지 않은 사랑만이 감동을 준다.

그렇지 않은 사랑 이야기는 사랑 타령, 사랑놀이, 혹은 누구랑 결혼할까가 문제인 혼담이라 일컬어진다.

그러나 실제에 있어 사랑에 목숨을 건다는 게 쉬운 일은 아니다. 결투 신청을 해서 죽는다든지, 오토바이가 사랑하는 사람을 덮치려는 순간 재빨리 몸을 날려 대신 깔린다든지 하는 것도 타이밍도 그렇고 막상 실행하긴 어렵다.

사랑하는 사람에게 골수를 주는 것도 그가 골수이식이 필요한 상황이어야 하고, 내 골수가 맞아야 하고, 또 골수 빼줘도 죽는 건 아니니 목숨 걸었다고 하기도 좀 그렇다. 또 하필 사랑하는 사람이 아니어도 인간애로 골수는 빼줄 수 있으니 (나도 그렇다) 꼭 사랑에 목숨 걸었단 설정으로는 부족하다.

그래서 목숨을 건 사랑의 최고 최적의 배경이 전쟁과 혁명인 것이다. 실지로 동서고금의 거의 모든 문학작품과 영화에서 감동적인 사랑의 배경은 전쟁과 혁명이다.

〈닥터 지바고〉. 유리와 라라의 안타까운 사랑의 배경은 제 1차 세계대전과 러시아혁명. 시베리아의 광대한 설원(실지론 핀란드에서 찍었다지만), 가슴을 메이게 하는 라라의 테마곡 〈Somewhere My Love〉와 함께 펼쳐지는 온 생명을 건 아름다운 사랑. 여기에 1차 세계대전과 러시아혁명이라는 설정이 없다면? 우리 엄마 말대로 '의사에다 시인인 지바고가 본처하고 첩 사이를 왔다~ 갔다~ 하다가 고마 디이진' 그냥 풍광만 빼어난 애정영화일 것이다.

애정영화의 최고봉인 〈애수〉, 〈잉글리쉬 페이션트〉의 사랑은 제2차 세계대전을, 〈누구를 위하여 좋은 울리나〉는 스페인 내전을 〈바람과 함께 사라지다〉는 미국 남북전쟁을 배경으로 긴장, 고난, 감동의 스토리를 엮어간다.

그느무 전쟁만 아니었담 발레리나인 마이라가 안개 긴 워터루 다리에서 트럭에 뛰어들 일도 없었을 테고(〈애수〉), 알마시 백작이 사랑하는 여자를 살리기 위해 동분서주하다 졸지에 태운 통닭이 되는 비극도 없었을 것이다(〈잉그리쉬 페이션트〉).

전쟁 설정이 빠졌다면 〈애수〉도 〈바람과 함께 사라지다〉도 예쁜 여주(둘다 세기의 미녀배우 비비안 리)의 사랑놀이+결혼 타령의 범작이 되었을 거다. 아니, 그런 시나리오로는 영화 제작이 아예 되지를 않았을 것이다.

스칼렛: "애슐리! 거짓말이라도 좋으니까 제발…… 날 사랑한다고 말해요. 그 말에 기대서 평생 살아가게요."

애슐리: "스칼렛! 당신은 강해요. 부디 내 아내 멜라니를 돌봐줘요."

_영화 〈바람과 함께 사라지다〉 중에서

애슐리를 사랑하는 스칼렛과 자기 아내만 사랑하는 애슐리. 언제 죽을지 모르는 전쟁터에서 조우한 두 사람의 각각…… 나름 긴박 절박한 대사다.

이게 전시가 아닌 평시 씬이면, 사이코 과부가 짝사랑하는 유부남에게 작업 거는 대사가 될 것이다. 상대를 아주아주 불편하게 만드는 이기적인 대사다. 이기적인 건 애슐리도 마찬가지. 스칼렛의 쓰라린 맘 다 알면서 강하다며 지 마누라 좀 돌봐달라 부탁하다니.

그러나 언제 죽을지 모르는 전쟁 상황에서 이 정도 이기적 대사는 용납되고 이해된다. 본능적인 생존욕구와 닿아 있는 워딩을 이기적이라고 할 수는 없다. 사랑하는 것보다 살아남는 것이 훨~ 중요하다.

로버트: "당신은 가야 해. 내가 지금부터 하는 일은 당신과 같이 있음 못하는 일이야."

마리아: "싫어요. 당신과 같이 있을 거예요."

로버트: "마리아, 잘 들어. 당신이 가면 나도 가는 거야. 당

신이 있는 곳엔 어디든 내가 있어. 자, 가는 거지?"

  마리아: "……."

  로버트: "우린 작별 인사를 할 필요가 없어, 우린 헤어지는
게 아니니까."

_영화 〈누구를 위하여 종은 울리나〉 중에서

마리아를 기어이 보내고 혼자 죽음과 맞서는 로버트 조던.
그는 홀가분한 마음으로 감사 기도를 올린다.
"하느님, 마리아를 보내게 해주셔서 감사합니다.
이제 저는 아무 거리낌이 없습니다."

'당신이 사는 건 결국 내가 사는 것.'
사랑하는 사람을 살리고 싶은 마음을
이보다 더 설득력 있게 표현할 수 있을까.

같이 죽는 건 절대 안 된다.
당신은 꼭 살아야 한다.
그게 내가 사는 거다. 당신의 생명 속에서.
이게 진짜 사랑이다.
너 죽고 나 죽자는 막가파식 정사情死 제안은
사랑이 아니다.

헤밍웨이가 그의 소설《누구를 위하여 종은 울리나》의 제

목을 영국의 사제시인 존 던의 〈기도〉에서 따왔듯 그 작품 속에 구현된 사랑 역시 존 던의 시 〈기도〉가 노래한 어느 누구의 죽음도 나 자신의 죽음이요, 어느 누구의 삶도 나 자신의 삶이라는 인류 공동체의식에 닿아 있다.

근데 이런 생사일대사의 사랑을 전쟁이나 혁명이라는 배경 없이 표현할 길은 없을까. 있다.

전쟁이나 혁명 못지않은 절체절명의 상황, 대형 사고다. 비행기 조난(〈에어포트〉), 대형 선박사고(〈타이타닉〉), 대형 화재(〈타워링〉) 같은 재난 설정이다.

영화 〈타이타닉〉의 클라이맥스 씬.

망망대해. 널빤지 조각 위에 로즈(케이트 윈슬렛 분)가 엎드려 있고 잭(레오나르도 디카프리오 분)은 판자 귀퉁이를 잡고 상체만 떠 있는 상태.

케이트 윈슬렛은 판자 위에 올라와 있지만 갸날픈 디카프리오의 몸은 점점 차가운 바닷물 속으로 가라앉고 있다. (좀 교대로 판자에 올라와 엎드려도 좋으련만 암튼……) 당연히 디카프리오가 저체온증으로 윈슬렛보다 먼저 죽게 된 상황이다. 점차 하얗게 흐려져가는 잭의 얼굴.

잭: "로즈, 약속해줘! 반드시 살겠다고. 무슨 일이 있어도 절대 포기하지 않겠다고."

로즈: "응. 나 약속 지킬게!"

순간 잭의 얼굴, 편안해지며 바닷물 속으로 잠긴다.

이런…….
이어 구조선 서치라이트가 다가오고 로즈는 목에 건 휘슬을 미친 듯 불어댄다. 사랑하는 사람의 마지막 부탁이 반드시 살겠다고 약속해달라는 것. 그러니 내가 산다는 건 사랑하는 사람과의 약속을 지키는 것. 잭이 죽은 후 로즈는 구출되어 잭과 약속한 대로 '살았다'.
그냥 사는 정도가 아니라 오래오래…… 아흔 넘어까지. 두 번의 결혼에 아이도 총 여덟인가 낳고 잘~ 살았다.
영화 도입부와 엔딩에 나오는 그 자글자글 주름 얼굴의 할머니가 로즈다. 사랑하는 잭의 간절한 소망대로 잘 '살아 있는' 로즈.
잭은 사랑하는 로즈가 생명의 위협을 받을 땐 그녀가 사는 게 소원이고, 그렇지 않을 땐 그녀가 기쁜 게 소원인 남자다.
그런 사랑을 받으려면 전생에 나라 여럿 구해야 한다.


비행기가 없던 시대라 지금의 국제선 항공기 격인 대형 여객선 타이타닉호의 침몰.
이 재난 설정이 없다면 영화 〈타이타닉〉은 일등석 부자의 약혼녀 로즈와 삼등석 가난한 청년 잭의 선상 썸 타기.
갑판 난간에서 침 멀리 뱉기, 백허그의 갈매기 놀이(한강 유람선에서 데이트하는 남녀가 한창 흉내 내곤 했었다) 등을 포함한 러브 보트 애정영화였을 것이다.

암튼 생사일대사로서의 사랑은 역시 목숨이 절체절명에 처한 전쟁, 혁명 및 대형 재난 속에서 감동적으로 구현된다.

목숨은 누구에게나 단 하나밖에 없는
가장 소중한 재산이다.
한 사람의 생명은 지구보다 무겁다고 한다.
삼천대천세계에 보물을 깔아놓아도 사람 새끼손가락 하나의 가치만도 못하다고 불경은 가르친다. 이렇게 소중한 자기 생명을 보호하려는 것은 살아 있는 모든 생명체의 본능이다. 남을 해쳤다 해도 자신의 생명을 보호하기 위한 부득이한 경우는 정당방위로 인정되고 있다.
그런데 남의 생명을 구하기 위해 자기 생명의 위험을 무릅쓰는 것도 자기 생존본능과 같은 본능일까.

그렇다.
내가 살고자 하는 것도 본능이고
남을 살리고자 하는 것도 본능이다.

전자는 넘 당연하고 충분히 이해할 수 있는 본능인데
후자는 안 당연하고 이해가 어려운 본능이다.

전자의 행위에 대해서는 아무도 왜냐고 묻지 않는다.
'당신은 왜 살려고 했는가'라고 묻지 않는 건
이유가 안 궁금해서다.

그런데 후자의 행위에 대해선 묻는다. 이유가 궁금해서.

살리려던 사람이 사랑하는 사람이나 자식이나 가족이 아닌 생판 남일 땐 더⋯⋯.

영화 〈PMC: 더 벙커〉에서 죽어가는 하정우가 죽어가는 이선균에게 바로 그걸 묻는다.

"너 아까 그 사람 내버려두고 나갈 수 있었잖아. 넌 살 수 있었잖아. 왜 그랬어?"

"사람 살리는 데 무신 특별한 이유가 필요하간?"

내가 살고 싶은 게 당연하듯 남을 살리고 싶은 것도 당연하다는 말이다. '특별한 이유가 필요 없다'란 자기가 의사여서라는 이유조차도 해당되지 않는단 거다.

단지 살려야 하는 인간이라는 사실. 그대로 두면 죽는데 적어도 그냥 혼자 죽게 놔둘 수는 없다는 사실. 그거 하나란 거겠지. 그거 말고 무슨 특별한 이유가 있겠냐고 도리어 물어보는 거다.

너무 아름답다.

그렇지. 나도 그래. 나도 그럴 거야.

따뜻하게 데워진 목욕물에 몸을 담근⋯⋯ 행복감이다. //

불행은

　　　　　운이지만

행복은

　　　　　학습,
　　　　　운동능력이다

*Happy Women Spend,*
*Unhappy Women Write.*

// "Are you happy?"
인도의 관광 가이드 소년이 느글느글한 목소리로 묻는다.
딱 거봉 알 크기의 새까만 눈알을 반짝거리며……
고객만족도 질문 아니다.
만족한 거 지가 이미 안다.
"그래. 고마워" 하고 팁을 좀 내밀 타이밍이다.
"Thank you, ma'am!"
어린 소년, 싱긋 웃으며 손을 흔들고 돌아서 간다.
만족스런 데이트를 마치고
여자 집 문 앞에서 돌아서는 어른 남자처럼.
짜~식이 사양하는 척도 안 하네.

돈이 생겼으니 지네 동네 어디서 커다란 '난'을 사먹고
달달한 '짜이'를 홀짝거리며 행복하겠지.
아님 곧장 집으로 돌아가 엄마 코앞에 돈을 내밀까.

돈을 받아들고 빙긋 웃을 엄마.
가계에 보탬이 되고,
찬란한 고대문명 발상지,
이 나라 관광사업에 이바지한 장한 아들에게
'사모사' 만두를 튀겨주려고 프라이팬을 집어 들까.

몇 푼 주고 나서 이리저리 비료 돌려보는 이 아줌마……
몹시 즐겁다.
상상의 즐거움, 오감만족 못지않은 육감만족이다.
이런 게 소확행이다.
작지만 확실한 행복.
작지만? 아니다.
크고 확실한 행복. 대확행이다.

사실 행복감의 크기는 '감', '느낌'의 크기라
지극히 주관적이다.
남의 눈에 보이는 크기가 아니고
내가 마음으로 느끼는 크기다.
그러니 작다 크다는 의미 없다.

그러니까 작을 '소' 자도 큰 '대' 자도 빼고
그냥 확행, 확실한 행복이다.

왜 확실한가. 내가 하는 거니까.

경상도 말로 '지 팔 지 흔들기'니까 확실하다.

남이 나에게 좋은 걸 주면 좋겠지만
그건 남의 맘이라 확실치가 않다.
내가 남에게 혹은 내 자신에게 좋은 것을 주면서
내가 느끼는 행복이 확행이다.

'확실한 행복'을 테마로 한 영화 〈소공녀〉.
여주 미소(이솜 분)의 직업은 가사도우미.
첫 씬. 미소가 집 청소를 엄청나게 프로페셔널하게(거의 비싼 '이사청소' 수준) 마무리하고 있다. 진지한 얼굴, 야무진 손놀림…… 언뜻 봐도 보통 일솜씨가 아니다. 만족한 듯한 주인 여자가 미소에게 일당과 까만 비닐봉지에 쌀을 담아 준다. 팁인 듯. 씩씩한 걸음으로 퇴근하는 미소.
그런데…… 미소가 들고 가는 비닐봉지 귀퉁이에 구멍이 나서 미소가 걸을 때마다 쌀이 줄줄 샌다. 저런~~.
길에 비둘기(일명 닭둘기)들이 몰려들어 쪼아대며 즐거워한다. 웬 백미 파티. 애들만 노 났다. 목, 날개 퍼덕이며 생기가 충만. 재벌 자식들 상속 다툼 재판 맡은 변호사들 모양새다.
근데 아이구우~. 집주인 여자는 왜 하필 바닥 귀퉁이가 찢어지기 직전의 봉지에 쌀을 담아 주었을까. 그런 줄 당연히 몰랐겠지. 쌀 담을 때 찢어져 흘렀다면 당연히 다른 봉지에 옮겨 담았겠지. 암튼 찢어진 봉지는 집주인 여자의 잘못도 아니고 미소의 잘못은 더욱 아니다.

비둘기들은 행복하고…… 누구도 이로 인해 불행하지 않은 이상 일단 자기 잘못이 아닌 일로 미소는 괴로워하지 않는다. 일당 외에 팁으로 쌀을 준 집주인 여자의 마음에 미소는 감사한다. 그 감사함은 그녀가 준 쌀이 길에 흩어져 비둘기들 뱃속에 들어갔다고 해서 무효가 되는 게 아니다.

그녀의 호의는 그녀가 미소에게 일당 외에 팁으로 쌀을 준 순간 미소의 마음속에 들어가 간직되었다.


유럽이나 일본 소도시에 있을 법한 분위기의 카페에 앉아 위스키 한 잔과 담배를 넘 맛있게 즐기는 미소. 좋아하는 위스키를 천천히 음미하고 좋아하는 담배를 느긋하게 빠는 미소의 얼굴에 흡족한 미소.

미소의 미소. (여주 이름 잘도 지었다.)

오감만족의 완전 행복한 얼굴이다.


근데…… 우리 엄마가 미소의 저 미소를 보신다면 당장 "아이고오~ 빼 빠지게 일한 돈으로 위스키 처마시며 웃나? 미친년 아이가? 밥도 일하는 집 잔반으로 고마 딱 해결하고 일당은 모조리 모아야지. 저라모 갤국 빌어처묵는기라아~~"하며 혀를 끌끌 차시겠지.

그러나 울 엄마고 누구고 아무도 미소보다 무지한 자기 행복의 기준으로 미소의 행복을 정의할 수 없다.

미소가 행복한 데 보태줄 생각도 힘도 없으면서 잔반, 저축 운운 함부로 충고나 비난을 해서도 아니 된다.

그런 모욕성 지적질은
자신이 행복에 대해 엄청 무지할 뿐 아니라,
남을 존중할 줄도 모르는
미성숙한 인간이라는 걸 드러낼 뿐이다.
미소가 번 돈으로 미소가 미소에게 무엇을 주든
미소의 선택이고 그 결과 미소는 행복하다.

자기가 번 돈을 엄마 손에 쥐여주며 행복한 소년도 있고
자기가 번 돈으로 위스키를 홀짝이며 행복한 소녀도 있다.
자기가 번 돈을 전부 입금을 시키며 행복한 여자도 물론
있다.

뭐든 그게 자신의 자유로운 선택이라면
그 사람은 행복하다.
선택의 자유는 행복감의 필수조건이다.

바로 이게 주제인 아서 왕 설화 하나.
한때 젊은 아서 왕이 복병 기습을 받아 이웃 나라의 포로
신세가 되었다. 이웃 나라 왕은 아서 왕을 당장 죽이려 하였
으나 아서 왕의 혈기와 능력에 감복하여 제안을 하나 한다.
그 제안이란…… 그가 낸 아주아주 어려운 질문에 아서
왕이 답을 하면 살려주겠다는 것이었다. 답을 찾을 기한으
로 1년을 주었고 그 안에 답을 찾지 못하면 아서 왕을 처형
한다는 것이었다.

그 질문은 바로……

'여자들이 정말로 원하는 것은 무엇인가?'

what do women really want?였다.

꽤나 현명하다는 사람도 당황할 정도로 어려운 질문인데 하물며 젊은 아서 왕은 어떠랴. 아서 왕에겐 도저히 풀 수 없는 문제로 보였다. 그러나 그대로 죽을 순 없기에 아서 왕은 이웃 나라 왕의 제안을 받아들여 그 질문에 대한 답을 찾아 나선다.

아서 왕은 자신의 왕국에 돌아와서 모든 백성에게 묻기 시작했다. 공주, 창녀, 승려, 현자 그리고 심지어 광대에게까지 모두 물어보았다. 하지만 그 누구도 만족할 만한 답을 내놓지 못했다.

고심하던 아서 왕의 신하들은 마침내 북쪽 산에 늙은 마녀가 한 명 사는데 신통력이 있어 아마 정답을 알 것이라며 그 마녀를 데려오는 게 어떠냐고 제안했다. 그러나 그 마녀는 말도 안 되는 엄청난 대가를 요구하는 것으로 유명했다.

1년이 지나 마지막 날이 다가왔고 아서 왕에게는 그 늙은 마녀에게 물어보는 것 이외에는 더 이상 선택의 여지가 없게 되었다. 늙은 마녀는 답을 안다고 선뜻 대답하였지만 아니나 다를까 엄청난 대가를 요구했다.

그 대가란…… 아서 왕이 거느린 원탁의 기사들 중 가장 용맹하고 용모가 수려한 가웨인과 자기가 결혼하는 것이었다. 아서 왕은 충격에 휩싸여 주저하기 시작했다.

늙은 마녀는 꼽추인 데다 온몸에 섬뜩한 기운이 감돌았다. 이는 하나밖에 없었고, 늘 하수구 같은 냄새를 풍겼으며, 항상 이상한 <u>쓰으쓰으</u> 소리를 내고 다녔다.

아서 왕은 이제까지 이렇게 더럽고 추한 생물은 본 적이 없었다. 자신에게 가장 충성스럽고 자기가 가장 사랑하는 신하인 가웨인에게 이런 추한 마녀와 결혼하라고 도저히 명령할 수가 없었다.

그러나…… 가웨인은 자기가 충성을 바치는 아서 왕의 목숨이 달려 있는 만큼 주저 없이 그 마녀와 결혼을 하겠다고 주장했다.

결혼이 진행되었고 결국 마녀는 아서 왕의 목숨이 걸린 질문에 대한 정답을 말해주었다.

"여자들이 정말로 원하는 것은
바로 자신의 삶을 자신이 주도하는 것.
What women really want is to be in charge of her own life"
곧 자신의 일에 대한 결정을
남의 간섭 없이 자신이 내리는 것이라고.

그 말을 듣자 모든 사람이 손뼉을 치며 저 말이야말로 진실이고 질문에 대한 정답이라며 아서 왕이 이제 죽지 않아도 된다고 기뻐하였다.

아서 왕은 이웃 나라 왕에게 질문에 대한 답을 말했고 이웃 나라 왕은 그것이야말로 진실이고 질문에 대한 정답이라고 기뻐하면서 아서 왕의 목숨을 보장해주었다.

하지만…… 목숨을 되찾은 아서 왕에겐 커다란 근심이 남아 있었다. 자신이 가장 총애하는 가웨인의 끔찍한 결혼에 대한 일로 근심에 싸여 목숨을 건졌다는 기쁨조차 사라질 지경이었다.

늙은 마녀는 결혼하자마자 가웨인을 비롯한 모든 사람에게 최악의 매너와 태도를 취했다. 그러나 가웨인은 대단한 사람이었다. 한 치의 성냄이나 멸시 없이 오직 정중하게 자신의 아내로서 마녀를 대했다.

드디어 공포의 첫날밤이 되었다. 가웨인은 자신의 인생에서 최악의 경험이 될지도 모르는 첫날밤을 각오하고 숙연한 자세로 침실로 들어갔다.

그러나 침실 안의 광경은 가웨인을 놀라게 하기에 충분했다. 가웨인이 일평생 본 적 없는 최고의 미녀가 침대 위에서 그를 기다리고 있었다.

놀란 가웨인, 미녀에게 대체 어찌 된 일이냐고 물었다.

미녀는 말했다. 자신이 추한 마녀임에도 가웨인은 항상 진실하게 그녀를 대했고 아내로 인정했으므로 그에 대한 감사로, 이제부터 삶의 반은 추한 마녀로, 나머지 반은 이렇게 아름다운 미녀로 있겠노라고.

마녀는 또한 가웨인에게 물었다.

낮에 추한 마녀로 있고
밤에는 아름다운 미녀로 있을 것인가?
아니면, 낮에 아름다운 미녀로 있고
밤에는 추한 마녀로 있을 것인가?

가웨인에게 선택을 하라는 것이었다.

가웨인은 진퇴양난의 딜레마에서 선택을 해야만 했다. 만일 낮에 아름다운 미녀로 있기를 바란다면 주위 사람들에겐 부러움을 사겠지만 밤에 둘만의 시간에 추한 마녀로 변한다면 어찌 살겠는가. 반대로 밤에 아름다운 미녀로 있기를 바란다면 둘만의 시간은 행복하겠지만 낮에는 주위 사람들의 비웃음을 사지 않겠는가. 당신이라면 어떤 선택을 하겠는가?

가웨인의 선택은 이러했다. 마녀에게 "당신이 직접 선택하세요!" 하고 말했다. 마녀는 이 말을 듣자마자 기뻐하면서 반은 마녀, 반은 미녀 할 것 없이 항상 미녀로 있겠노라고 말했다.

그 이유는 가웨인이 마녀에게 직접 선택하라고 할 만큼, 마녀의 삶과 삶의 결정권 그리고 마녀 자체를 존중해주었기 때문이라고.

이 일화에서 '여자가 정말로 원하는 것은 무엇일까'를
'인간이 가장 원하는 것은 무엇일까'로 바꾸어도
무방할 것이다.
아서 왕의 시대에 여자는 인간이 아니었으니

여자도 인간처럼 '가장 원하는 것', 즉 행복감의 조건이
자기 삶에 대한 '선택의 자유'란 걸 몰랐던 것이다.
여자인 마녀에게서 듣고 비로소 놀랄 정도로.
남자인 자기들이 그렇다는 건 당연한데
여자들도 그러하다는 데는 놀란 것이다.

인간 삶의 목적은 행복이므로
결국 선택의 자유는 남녀를 포함한 모든 사람의
행복의 필수조건이다.
그러니까 선택의 자유를 누릴 수 없는 사람은
불행한 사람이다.
그래서 노예는 불행한 사람이다.

그러나 여성이 자기 삶에 대해 진정한 선택권을 갖게 된
건 아서 왕 시대로부터 1,500년이 지나 20세기로 들어서서
부터였다. 미국을 중심으로 여성해방운동이 일어나 여성은
참정권을 비롯해 법적 자기 결정권을 갖게 되었다.
　여성을 선택권 없는 노예 상태에서 해방시킨다는 의미로 여
성해방운동이라고 불렀다. 여성해방은 흑인해방보다 100년
이나 늦었다. 미국에서 흑인 노예가 해방된 건 여성이 해방
되기 100년 전 19세기 일이다.

　흑인해방 100년 전.
　18세기에 만들어진 미합중국 헌법 제1조 1항

'모든 사람은 법 앞에 평등하다.'

여기서 '사람'은 '백인 남자'를 의미했다. 백인 여자와 흑인과 인디언은 법적으로 선택의 자유가 보장된, 즉 '법 앞에 평등한 사람'이 아니었다.

그리고 100년 후에 흑인이, 정확히는 흑인 남자가 '사람'이 되었고, 다시 100년을 기다려 백인 여자와 흑인 여자가 '사람'이 된 것이다.

1970년대 미국에 이어 한국에서도 한창 여성해방운동, 페미니즘 열풍이 뜨겁게 불고 있을 때 페미니스트로 유명하신 김동길 교수가 차갑게 내뿜은 한마디가 잊히지 않는다.

"여성해방 부르짖을 거 없어요,
경제력이 없는 여자는 남자의 노예입니다."

이대 나온 걸 코에 걸고 부자와 결혼해 현모양처가 되는 게 꿈인 예쁜 친구들이 마스카라 한 속눈썹을 깜빡깜빡거렸다. 뭥미?

라벤더빛 드레스셔츠에 자주색 보타이 차림. 미국사 박사면서 엘리자베스 브라우닝의 시를 줄줄 외우며 영시 특강을 할 수 있는 매력남.

"울 누나가 여태 미혼인 진~짜 이유는 여성교육에 전념하기 위해서가 전~혀 아니고 오로지 아~무 남자도 청혼하지 않아서란 사실을 아~무도 모름" 등등 썰렁 농담에도 불구하고 캠퍼스 특강 1순위였던 김동길 교수.

내가 신춘문예 시, 소설 동시 당선이라는 웃기는 꿈을 탁
접고 일찌감치 대학 4학년 5월에 〈한국일보〉 기자로 입사,
취업하게 된 것은 순전히 김동길 교수의 그 노예론 덕이다.
여고 동창 호원숙의 엄마인 존경하는 박완서 선생님 역시
그 노예론으로 당시 여성운동이 올바른 방향으로 가도록 부
추기셨다. 특히 기득권층 여성들의 무관심 내지 냉소에 이렇
게 일갈하셨다.

"운이 좋아 맘 좋은 주인 만나,
안방에서 주인과 겸상을 하는 노예가
부엌에서 밥 먹는 노예를 비웃는 격이다."

**여성해방운동은 여성행복운동이었다.**
**진정 자유로운 여성만이 진정 행복하니까.**

이렇게 확실한 행복, 확행의 필수조건은 자유.
근데 필수조건이 한 가지 더 있다.
바로 '아는 것'.
한자어로 지식, 인식이다.
나에게고 남에게고 '좋은 걸'
내 스스로 자유롭게 주는 게 행복인데
그 좋은 게 뭔지 확실하게 알아야

확실하게 행복할 수 있다.

어떻게 아는가.

1차 그리고 2차 경험을 통해, 즉 학습하여 알게 된다.

오감의 행복이야 본능적으로 알지만

육감(의식), 칠감(무의식)의 행복은 학습에 의한 것이다.

즉, 배워서 공부해서 연구해서 체득된다.

경험적 그리고 인문학적 지식의 축적과 활용이

행복의 조건이다.

무지하면 불행하다.

불행은 운이지만 행복은 운동, 학습의 결과인 능력이다.

작은 키, 안 생긴 얼굴, 짧은 다리, 선천적 질병, 나쁜 머리.

원치 않았던 이별, 사별……

결코 선택한 적 없는 흙수저, 무수저, 폭력수저…….

눈 떠보니 째지게 가난한 나라…….

북한, 시리아같이 탈출하고 싶은 나라.

TV 화면.

잘생긴 정우성이 울적 모드로 말하지 않는가.

"누구도 스스로 난민이 되기를 선택하지 않습니다."

그럼, 선택하지 않고말고.

고약한 날씨처럼 내가 선택하지 않은,

나의 잘못된 선택이나 나의 잘못된 행동의 결과가 아닌

이런 불행은 내가 견딜 수밖에 없다.

남이 도와줄 수도 있겠지.

근데 그건 남의 선택이니 확실하지 않다.

불행은 그러하나 행복은 다르다.

행복은 내가 꾸준히 운동, 학습하여

찾아내고 만들어낼 수 있다.

그래서 확실하다.

나의 선택이니까. 남의 선택이 아니고……

행복은 후천적 능력이고 힘이다.


초등학교 때 갖고 다녔던 책받침과 공책 뒷면.

거기 박사모 쓴 부엉이 위에 써 있던

프랜시스 베이컨의 말.

'아는 것이 힘이다'.

'아는 것이 행복이다'와 같은 말이다.

힘이 있어야 행복하니까.


모르는 것은 불행이다.

모르는 게 약이라고?

약 맞다. 근데 독약이다.

독약을 독약인 줄 모르고 약으로 알고 먹으면 죽는다.

무지는 죽음이다.

후천적 불행이다, 무식해서 죽는 건.


아는 것이 행복이고

아는 만큼 행복하다.

먹고 싶었던 막대사탕(롤리팝)을 손에 쥔 아이는
1억짜리 자기앞수표를 손에 쥔 아이보다 행복하다.
사탕 든 아이가 수표 든 아이보다 행복한 건 거의 확실한데
사탕 든 어른보다 수표 든 어른이 더 행복하다는 건
절대 확실하지 않다.
막대사탕을 원래 디게 좋아하지만
당뇨병 땜에 절대 못 먹었다가
약과 운동으로 당뇨 관리가 잘되어
이제 하나 먹어도 된다면
사탕 든 어른, 아주 행복할 거다.
근데 거래처에서 꼭 2억을 받아야만
직원들 밀린 월급도 주고 숨 좀 돌리겠건만
딱 1억을 받아든 영세업체 사장님이면
수표 든 어른, 전혀 행복하지 않을 거다.
꼭 필요한 나머지 1억을 어디서 조달할 것인가.
은행에서 추가대출을 받을 수 있을까.
알 수 없다.
사채를 내면 그 무서운 이자를 감당할 수 있을까.
알 수 없다.
감당할 수 있을지 없을지 알지 못한다.

알지 못하면, 즉 모르면 불안하다. 두렵다.

두려움은 대표적인 불행감이다.
그래서 무지한 것이 불행이고
무지한 만큼 불행하다.


인간이 자신의 죽음을 가장 두려워하는 것은
생존본능이기도 하지만
자기가 죽으면 어떻게 되는지 인식의 차원에서
전혀 깜깜하게 모르기 때문이다.


눈에는 절대 보이지 않지만
마음의 눈으로 보고 '아는' 사람은
자신의 죽음을 두려워하지 않을 뿐만 아니라 '행복'해한다.


예를 들어 종교적 확신으로 스스로 순교를 선택한 사람의
얼굴은 편안하다. 안 봤지만 죽음을 자초하고 선택한 소크라
테스나 안중근 의사의 마지막 얼굴은 편안하고 의연했을 것
이다. 확실한 행복의 모습이다.


'알고' '스스로 선택한' 자유로운 자의
확실하게 행복한 모습.
영화 〈소공녀〉에서 위스키를 마시고 담배를 피우는 여주
미소의 미소.


〈소공녀〉 속 미소의 미소와 정반대 모습이

노나라 임금님의 눈물이다.
바닷새를 사랑한 임금님,
바닷새를 왕실의 사당에 가두어놓고 길렀다.
매일 새에게 궁중 생음악을 들려주며
진귀한 술과 소, 양, 돼지 등 고급 음식을 먹였다.
새는 사흘 만에 죽었고
놀란 임금님은 슬픔에 젖어 눈물을 흘렸다.
장자의 〈지락至樂〉 11편에 나온 얘기다.

바닷새를 사랑하여 곁에 두고 온갖 '좋은 것'을 주어서 결국 사랑하는 바닷새를 죽이고만 임금님.
암만 사랑한다 난리 쳐도
사랑하는 대상에 대해 무지하면 사랑을 지키지 못한다.
결국 죽인다. 본의 아니게.
임금님이 바닷새에게 준 '좋은 것'은
다 임금님 자기가 좋아하는 것이었다.
바닷새에게 '좋은 것'은 파도소리와 물고기와 넓은 창공을 마음껏 나는 것이었는데, 임금님의 무지가 바닷새를 죽여버린 것이다.
참사를 불러온 무식한 임금님, 슬픔에 젖어 탄식한다.
"우째에 이런 일이~~~~."
언제 어디서 듣던 소리 같당?

사람도 마찬가지.

누구를 사랑한다면 그가 어떤 사람이며
무엇을 좋아하고 무엇을 싫어하는지
잘 알아야 한다.

어떻게 잘 아는가.
연구를 해야 한다. 머리를 써야 한다.
지금까지 축적한 지식과 지혜를 다 동원해야 한다.
그래야 사랑하는 사람과 함께 행복할 수 있다.

사랑하는 사람에 대한 무지는
사랑하는 사람을 괴롭히고 슬프게 하며
때론 노나라의 임금님처럼
사랑하는 대상을 죽일 수도 있다.

아무리 나를 사랑한다 난리 쳐도
무식한 상대로부턴 멀리멀리 달아나야 한다.
재수 없음 죽는 수가 있다. 바닷새처럼.

To know know know you is to love love love you.

이 노래가사 진리다.
장자의 〈지락〉 11편을 공부한 사람이 지은 걸까.
아무튼 행복해지기 위해선 꾸준히 지식을 습득해야 한다.
학습하고 연구하고 실천을 위해 적극, 능동적으로 움직일

수 있게 근육 단련도 해놓아야 한다. 행복은 내 스스로 찾아내고 만들어내는 것이니까.

영화배우 하정우가 쓴 《걷는 사람 하정우》라는 책을 보니 하정우는 기분이 나빠지거나 욱하고 치밀어 올라올 일이 있으면 무조건 몇 시간이고 걷는다고. 걸으면 어느새 행복해진다고 말한다.

김포공항까지 걸어가 비행기 타고 제주도 가서 하루 열 시간씩 걷고 시간 여유가 있을 때마다 하와이로 날아가 또 하루 열 시간씩 걷는다고 한다.

출근도 퇴근도 걸어서 한다. 완전 미쳤다. 완전 행복한 남자 '걷는 남자 하정우'다. 내 발로 내가 걸어 나에게 심신건강이라는 좋은 것을 주니 확실한 행복이다. 그가 걸출한 연기자로는 물론 연출가로 화가로 약진하고 있는 바탕에는 이런 행복의 지혜가 있었구나.

두 다리 멀쩡하겠다 운동화 하나만 신으면 되니 나도 해봐야겠다. 자기 행복의 비결을 수수한 필체로 기록한 하정우, 신통방통하다.

장시간 걸으며 체력을 유지하는 데 필요한 음식 레시피는 물론 마트에서 식재료를 구입하는 단계부터 소개하고 있다. 고대로 해봐야지.

먹기 직전에 지가 차려놓은 식탁 사진까지 실었다. 참 친절하기도 하네.

행복한 사람은 친절하다.

자기가 행복한 만큼 남도 행복하기를 바라니까.

그래서 자기가 행복한 사람만이
남을 행복하게 해줄 수 있는 것이다.
행복한 사람은 행복 바이러스를 퍼뜨리고
불행한 사람은 불행 바이러스를 퍼뜨린다.

하정우가 걸을 때 행복한 만큼 나도 좋은 책을 읽을 때 행복한데 나도 이제 행복의 스팬을 더 넓혀야겠다. 행복의 가짓수를 더 늘리고 싶다.

작은 키, 못생긴 얼굴, 짧은 다리 같은 선천적 불행이야 운이라 견딜 수밖에……. 그러나 행복은 다행히 후천성이라 꾸준한 운동과 학습, 즉 나의 체력과 지력을 단련하여 얼마든지 만들어낼 수 있다.

심지어 불행 속에서도 즐거운 일을 찾아내는 능력, 그것이 행복의 능력이다.

새해 복 많이 받으시길…….
이런 인사 참 의미 없다.
받으시길……이라니 줘야 받을 거 아닌가.
누가 주나 복을. 맡겨놓았나, 달라게?
새해라고 누가 복을 주는가…… 것도 많이…….
안 주면 어쩔 건데.
받기를 바란다는 건 구걸이다.
빈 깡통 찬 거지 자세다.

새해에는 즐거운 일 스스로 많이 만드시길…….
이게 진짜 확실한 행복의 인사말이다.

모든 해가 새해.
모든 날이 새날.

매일 운동과 학습으로 행복의 근육을 만들면
확실히 행복해진다.
왜 확실한가.
내가 하니까 확실하다.
남에게서 불확실하게 바라는 게 아니고
내가 확실하게 하니까 확실하다. //

이런
남자랑

사귀어야

뒤탈이
없다

*Happy Women Spend,*
*Unhappy Women Write.*

// 시와 음악에 통달했다 자만하는 친구가
놀라운 시를 하나 내게 보여주었다.
〈겨울 강가에서〉
겨울 바다가 아니고 겨울 강가라니
제목부터 범상치가 않았다.

가거라
잘 가거라
너는 이미 나의 과거다

첫 대가리부터 이렇게 쿨~하다니……. 얘가 얘가……. 자
작시인 줄 알고 감탄과 질투를 불사르며 읽었는데 글쎄, 끝
에 살짝 작은 글씨로 '이근대'라고 써놓았다.
　야, 이 무식이 친구야.
　자고로 시를 필사하거나 낭독할 땐 제목 다음에 작가 이름

을 밝히는 법이야~.

근데 가만있어 봐……. 이근대?

이근'배'의 오자일 리는 절대절대 없고…….

떨리는 손가락으로 클릭해보니 시인, 이근대.

1965년생이고 〈꽃은 바람에 흔들리며 핀다〉 등의 시로 꽤 유명한…… 윽, 나만 어쩌다 무지하여 모르고 있었던 듯한 시인이다.

가거라
잘 가거라
너는 이미 나의 과거다

가는 길에
더러는 눈발이 어깨를 적시고
눈물이 네 발목을 잡을지라도
뒤돌아보지도 마라

가서
지느러미를 물살에 풀어놓고 살거라
깊고, 넓은 것이 세상이다

세상은 사랑할수록 아름답다지만
사랑해서는 안 될 사람도 있다
너를 사랑하지 않기 위하여

가슴을 집어 뜯으며 흘렸던 눈물,

이제는 보내마
강가에 얼어붙지도 말고
내 마음에 스며들지도 말거라

흐르는 것이 몸이고
움직이는 것이 마음이다
가서 급류에 휘말리지 말고 살거라

심장이 멈출 때까지
내 손금에 쥐어진 과거

너는 이미 나를 흘러갔다

진짜 멋진 남자의 멋진 이별 시다.
왔다 So Cool~~!
겨울 강물 위나 빙수의 살짝 살얼음처럼 상큼하게 쿨하다.
헤어질 때 혹은 그 전후로 질척거리며 주접떠는 남자들이 더
많은 세상에.

어릴 때 지 엄마한테나 통했던 징징거림.
어이없는 뒷끝 작렬.
결별고지에 심지어 폭력(데이트 폭력은 잘못된 사건 기사 용

어고)으로 대응하는 놈도 있는데…….

극도의 이기적 유아적 집착을

변함없는 사랑이라 착각하는 건 무지해서다.

인생과 사물의 본질에 대한 무지다.

서로 사랑하고 있는 동안엔 모른다.

안 보인다. 또는 잘못 본다.

무식도 순수 순박으로 보인다.

헤어질 때 혹은 그 전후에는 보인다. 눈알에 씌었던 콩깍지가 벗겨지면서 진상이 보인다.


겨울 바다가 아니고 겨울 강가.

머물러 있는 물이 아니고 흐르는 물.

강江…… 물의 흐름.

그리고 보이지 않는 공기의 흐름인 바람.

풍수風水…… 우주만물은 바람과 물처럼

잠시도 머물지 않고 흘러간다는 걸 알고,

무상無常…… 상주常住하지 않음……

변치 않고 그대로인 것은 절대로 없다는 걸 인정하고,

매순간 변함을 받아들이는 지혜.

〈겨울 강가에서〉는 풍수철학의 진수다. 이런 철학을 실천하는 남자랑 연애를 해야 뒤탈이 없다. 이론으로 알고 썰만 푸는 남자 말고 진짜 실천하는 남자 말이다.

저서나 작품으로 보건대

우주의 이치를 잘~ 아는 것 같은 철학자나 예술가도

자기들 연애 끝자락엔 진상을 부리고 주접을 떠니……
이론과 실천은 별개고 작품과 작가는 다르다.


너는 이미 나의 과거다
너는 이미 나를 흘러갔다


이미…… 이미라고 강조함은
이미 흘러간 과거에 대해 미련, 집착이 없다는 것.
따라서 징징거림도 뒷끝 작렬도 일절 없다는 얘기다.
그러니 〈겨울 강가에서〉 같은 멋진 시를 쓴
이 시인이랑 연애하면 뒤탈이 없겠지……라고 생각한다?
큰~~ 오산일 수 있다.

아름다운 시를 쓴 시인이
아름다운 사람일거라고 믿었던 적도 있다.
10대…… 것도 로우 틴 때다.
하이틴만 돼도 작품과 작가의 차이를 이상과 현실의 차이
로 파악한다. 시인의 연인이 되고 싶지 시인의 부인이 되고
싶진 않다고 생각한다.


시인이자 미술평론가였던 27세의 청년, 기욤 아폴리네르.
벨 에포크 시절의 파리, 프랑스. 그는 피카소의 소개로 화
가이자 시인인 24세의 마리 로랑생을 만났고 무려 4년간 연
애를 했다.

그런데 자고로 남자고 여자고 사고를 치면 젤 먼저 떠나는 게 애인. 파리가 떠들썩했던 모나리자 그림 도난사건에 연루된 아폴리네르에게 마리 로랑생은 결별을 선언했다.

"사랑이 어떻게 변하니……."

기욤 아폴리네르쯤 되면 그런 생뚱맞은 저능아 대사는 하지 않았을 듯. 기욤은 마리의 화실을 나와 미라보 다리를 건넌다.

"사랑이 어떻게 '안' 변하니……."

마지막.
마리에게 가기 위해
그동안 1,000번도 넘게 지나던 미라보 다리.
이제 이 다리를 다시 건널 일이 없는 거다.
기욤은 미라보 다리 한가운데 멈춰 선다.
다리 난간을 잡고 센강을 내려다본다.
물론 흐르는 강물에 몸을 던지지도,
눈물을 흘려 넣지도 않는다.

기욤은 시를 떠올린다. 센강 위에서…….
〈겨울 강가에서〉의 프랑스 버전이다.

미라보 다리

기욤 아폴리네르


미라보 다리 아래 센강이 흐르고
우리의 사랑도 흐른다
기억해야 하리
기쁨은 늘 괴로움 뒤에 온다는 것을

밤이 오고 종은 울리고
세월은 가고 나는 남았네

서로의 손을 잡고
얼굴을 마주하고
우리들의 팔이 만든
다리 아래로
영원한 눈길에 지친 물결들
저리 흘러가는데

밤이 오고 종은 울리고
세월은 가고 나는 남았네

사랑이 가네
흐르는 강물처럼 사랑이 떠나가네
삶처럼 저리 느리게

( 229 )

희망처럼 저리 격렬하게

밤이 오고 종은 울리네
세월은 가고 나는 남았네

날이 가고 달이 가고
지나간 시간도
사랑도 돌아오지 않네
미라보 다리 아래 센강이 흐르고

밤이 오고 종은 울리고
세월은 가고 나는 남았네

'기억해야 하리,
 기쁨은 늘 괴로움 뒤에 온다는 것을.'
  왜 기억해야 하느냐고 물었을까. 지금 겪는 이 이별의 아
픔 후에는 반드시 기쁨이 있다는 걸 되새기면서 슬픔에서 벗
어나고자 하는 것이다. 즉, 헌 사랑의 슬픔 뒤에는 새로운 사
랑의 기쁨이 있다는 것이다. 센강의 헌 물이 흘러가고 새 물
이 흘러오듯이…….

  기욤과 마리……. 두 사람 다 센강의 흐르는 물처럼 그렇
게 흘러가 각자 여러 사람과 차례차례로 연애를 했고 마리는
결혼도 하고 이혼도 했다.

세월은 가고 기욤은 남는다. 마리는 더 오래 남는다. 기욤은 전쟁(제1차 세계대전)에 나가 머리를 다쳤고 38세에 독감으로 죽었다. 마리는 기욤이 죽은 후 38년을 더 살다가 73세에 심장발작으로 죽었다. 여자가 훨씬 더 오래 산다. 특히 예술가는.

마리 로랑생은 아름다운 그림도 많이 남겼지만(자뻑이었는지 예쁜 자화상도 많다) 아름다운 시도 남겼다.

잊혀진 여인

마리 로랑생

따분한 여자보다
더 불쌍한 여자는 슬픈 여자입니다

슬픈 여자보다
더 불쌍한 여자는 불행한 여자입니다

불행한 여자보다
더 불쌍한 여자는 병든 여자입니다

병든 여자보다
더 불쌍한 여자는 버림받은 여자입니다

버림받은 여자보다

더 불쌍한 여자는 고독한 여자입니다

고독한 여자보다
더 불쌍한 여자는 쫓겨난 여자입니다

쫓겨난 여자보다
더 불쌍한 여자는 죽은 여자입니다

죽은 여자보다
더 불쌍한 여자는 잊혀진 여자입니다

따분함, 슬픔, 불행, 질병, 버림받음, 고독, 쫓겨남, 죽음……. 

무료함에서 죽음까지 여자가 겪는 모든 너절한 상황을 점층적으로 열거하면서 결국 잊히는 것이 죽는 것보다 더 비참하다고 말하고 있다.

우리는 어떤 게 넘넘 싫을 때 '죽기보다' 싫다고 한다.

잊힌다는 것이 그렇게 죽기보다 싫을까.

누가 자기를 잊는다는 게 그렇게도 비참한 걸까?

잊힌 여자가 젤 불쌍한 만큼 안 잊힌 여자, 기억되는 여자, 누군가가 기억해주는 여자가 젤 행복하다는 거다.

근데 잊히고 싶지 않다는 건,
기억되고 싶다는 건

나의 희망사항일 뿐.

잊고 안 잊고는, 기억하고 말고는

어디까지나 상대방 소관이다.


그러니까 날 잊지 말아줘(Forget-Me-Not)은

꽤나 부담을 주는 주문이다.

남편이나 연인이 죽기 전에

자길 잊지 말아달라고 한다면

그건 다른 남자 만나지 말고

자기만 추모하며 살라는 심통스런 유언이다.


김소월의 시구절 '못 잊어 생각이 나겠지요'처럼

못 잊어서 생각이 나는 거지,

잊지 말래서 안 잊는가 말이다.

그런데 아무튼 마리 로랑생은 그 젤로 불쌍하다는 '잊힌 여
자'는 면했다. 영원히 잊히지 않고 기억되고 있으니. 자신의
미모조차 잊히지 않길 바랐는지 자화상도 많이 그려놓았다.

　나는 그녀의 아름다운 소녀상 그림들을 중학교 미술 교과
서에서 첨 만났다. 몽환적인 분위기를 자아내는 파스텔 톤의
색감에 황홀했다.

　파리 튈르리 정원을 지나서 있는 오랑주리 미술관. 마리
로랑생의 작품에 대해 나와 비슷한 기억을 가진 사람들이 그
녀의 작품을 원작으로 보고 또 보기 위해 전 세계에서 매일

몰려든다.

젤로 불쌍한 여자는 잊힌 여자라는
마리 로랑생의 시 〈잊혀진 여자〉.
흘러가는 센강을 보면서
아픔 뒤엔 기쁨이 꼭 왔었다는 걸 기억해내면서
이별의 슬픔을 견딘다는
기욤 아폴리네르의 시 〈미라보 다리〉.
마리는 기욤에게 결별을 선언하고서도 그리고 다른 남자
와 사랑하고 결혼하고 이혼하면서도 기욤에게서 잊히지 않
기를 바랐을 거다. 젤 불쌍한 여자는 되기 싫었을 테니.
마리와 헤어진 아픔을 흘려보낸 기욤의 가슴속에는 새로운
사랑의 기쁨이 흘러들었을 거다. 늘 그래온 기억이 있었듯.
사랑이 센강 물결과 같은 흐름이라는 걸 아는 남자는 뒤끝
이 없다. 뒤돌아보지 않는다.
아픔 뒤에 반드시 오던 기쁨에 대한 기억.
그 기억의 마술램프를 힘들게 문질러서 불러낸 희망.
그것으로 슬픔을 떨치고 걸어가는 남자.
그는 뒤돌아보지 않는다.

사랑했던 여자에게서 잊히거나 안 잊히거나 그건……
관심이 없다.
그러니 뒤돌아볼 일이 없다.
옛사랑을 뒤돌아보는 건 지금 옆에 있는 여자에게 실례다.

그런데 기욤보다 무려 38년을 더 살았던 마리 로랑생은 73세에 죽을 때 옛날에 기욤이 자기에게 써주었던 연애편지와 시들을 가슴에 얹고 쓰다듬으며 눈을 감았다.

　인생의 어느 한 시기 동안 마리 로랑생을 뜨겁게 사랑했던 기욤 아폴리네르. 그가 오직 마리 한 사람에게 써 보냈던 글 중에는 다른 사람들에게 공개되는 걸 원치 않았을 내용도 분명 있었을 텐데…….

　참, 이 할머니, 죽을 때까지 뒤끝 작렬이다. //

나의
결혼은

'판단 미스',

영화 〈애수〉
때문이다

*Happy Women Spend,*
*Unhappy Women Write.*

// 중국에서 온 황사로 황사주의보까지 나온 날.
신촌 신영극장. 〈화양연화〉. 장만옥과 양조위.

장만옥을 좋아한다.
그녀가 나오는 영화는 무조건 본다.
한 번도 실망한 적 없다.

우선 너무 아름답다.
화면 속에 장만옥이
말없이 그 특유의 신산한 얼굴로
서 있거나 걸어갈 때
중국어나 영어로 대사할 때
운전을 하거나
연인의 자전거 뒷자리에 비스듬히 걸터앉아
두 다리를 흔들흔들하며 무심한 듯 노래할 때,

내 얼굴엔 그야말로 하트 뿅뿅 미소가 떠오른다.
특히 장만옥이 뭔가를 오물오물 먹을 때 넘넘 사랑스럽다.
장만옥이 여기선 또 무얼 먹으려 하나.
국수였다. 때론 죽.
보온병을 들고 나가 사가지고 집에 들어가서 먹는다.


씬마다 달라지는 그녀의 아름다운 치파오.
잘록한 허리 곡선이 드러난
우아하고 화사한 빛깔의 가지가지 치파오 차림의 장만옥.
손에 보온병을 들고 낡고 좁은 아파트 계단을
조심스럽게 내려간다.


같은 보온병 든 씬이 반복된다.
씬마다 빛깔과 무늬가 다른 장만옥의 치파오.
느슨하게 올린 머리에
차이나칼라 위로 드러난 장만옥의 가냘픈 목 선.
황홀하게 아름답다.
가끔 단정하고 고요한 얼굴의
양조위와 좁은 복도에서 닿을 듯 스쳐간다.


거기에 감미로운 배경음악.
Quizas, Quizas, Quizas.
(Perhaps, Perhaps, Perhaps.)
아마도, 아마도, 아마도……

장만옥과 양조위는 서로 사랑하게 될까.

각각의 배우자가 서로 불륜 관계임을 알게 된 두 남녀.
잔당끼리 붙을 수야 없지만(스와프도 아니고)
아무튼 장만옥은 아름답고 양조위는 매력 있다.
좁은 계단에서 스쳐 지나며
가끔 둘의 시선이 고요하게 마주치다 비켜간다.

동일 씬이 장만옥의 치파오만 바뀌면서 반복되자
드디어 옆자리의 내 엄마, 한마디 하신다.
"뭐꼬~ 저런 집에 살면서 옷을 저래 빼입고 매~일 뭐를 사
처묵나."
깼다, 정말.

이윽고 어찌어찌 장만옥과 양조위가 데이트를 한다.
드디어 내가 좋아하는 장만옥의 먹는 모습이다.
분위기 있는 레스토랑에서 양조위와 마주 앉아
포크와 나이프를 써서 스테이크를 오물오물 먹는다.
먹으면서 계속 고기를 자른다.
아무 말 없이.
시선은 음식에 가 있고 표정은 어딘지 쓸쓸하다.

장만옥 특유의 신산한 얼굴.
양조위가 뭐라고 했는데

장만옥의 먹는 얼굴 보느라고

밑에 한글 자막을 못 봐서 내용 모른다.

일단 이웃집 유부남 유부녀의 불륜 데이트다.

각 배우자의 불륜 장면은커녕 그들 얼굴도 나오지 않는다.


슬쩍 옆자리 어머니를 곁눈질하니 꾸벅꾸벅 졸고 계심.

드디어 장만옥과 양조위 호텔 방 안 씬 다음 씬에서 어머니가 깨셨다.

"아이고…… 호테루 갔네?"

"응, 근데 안 자고 나온 거야."

"안 자는 게 당연하지."

나는 속삭였지만 엄마 목소리가 좀 컸다.

내 뒷좌석의 남자가 크음~ 하고 못마땅한 기침으로 의사 표시를 한다.

긴장한 찰나, 어머니의 더 큰 목소리가 이어진다.

"자면 개지."


"치아라, 눈 값도 안 나온다."

영화 끝나고 신촌 농협하나로 마트에서 쇼핑하려 한 것도 취소다.

"바로 집에 가자그마!"

하필 황사 불어 눈도 따가운 날,

'드러븐 영화'도 골라서 보자 했다고 화를 내신다.

"아까제 영화 제목이 머라캤노."

"화양연화."

"제목부터 드럽네."

'화냥년아!'로 알아들으신 것.

택시기사가 막 웃는다.

"엄마…… 화. 양. 연. 화! 인생에서 가장 아름다운 시절이란 뜻이야. 영어론 헤이데이heyday."

"시끄럽다. 니는 드라마작가라 카는 기 영화 보는 눈이 여엉 제로 빵이다."

영, 제로, 빵…… 동일단어의 삼중복 강조다.


그런데도 영화 보는 눈이 영 제로 빵인 딸이 추천한 독일 영화 〈타인의 삶〉을 보셨다. 평가는……

"어~씨 길고 무슨 말인지 모르겠다."

〈국제시장〉을 보시고는 "뻔~히 다 아는 얘기…… 말라꼬 영화로 보는데"라며 콧물 재채기 나고 감기만 들었다고 화를 내셨다.

대퇴부 골절 수술을 하고 장애인이 되신 후엔 휠체어에 앉아 장애인 좌석이 있는 부티크 극장에서 일본 예술영화 〈빛나는〉을 보셨다.

"엄만 자막 볼 필요 없겠네. 다 알아듣지?"

"알아는 듣지. 그른데……."

"별로야? 한마디 한마디 의미가 있잖아."

난 자막에서 눈을 떼지 못하고 말하는데

"화장실 갈란다."

"어어…… 얼릉 갔다 오자. 바로 뒤야. 장애인 칸도 있어."

"바로 집으로 가자 고마."

"엥? 엄마아~ 이 영화 이거 칸에서……"

"오줌 쌀라칸다. 가자니까~~ 니한테 영화 보자고 한 내,
판단 미쓰다!"

영화 〈앙: 단팥 인생 이야기〉를 보고 내가 홀딱 반했던 가
와세 나오미 감독. 칸이 가장 사랑한 여자 감독이라는 별명
이 붙은 그녀가 〈앙〉의 남주였던 나가세 마사토시와 만든 영
화 〈빛나는〉. 칸에서 에큐메니칼 심사위원상 받은 이 영화가
영화도 아니라는 엄마.

그날 이후 엄마는 부티크 극장이고 칸이고 뭐고
나에게 영화를 고르라는 '판단 미스'를 한 적이 없다.

판단 미스.
판단 미스테이크의 일본식 준말.
또는 미스 판단(mis 판단),
즉 오판(誤判, mis-judgment)이겠지.
근데 엄마의 일생일대의 판단 미스는 66년 전.
육군 장교와 결혼한 거였다.

한국전 당시 후방인 대구에서

요즘으로 치면 〈보헤미안 랩소디〉 수준으로
많은 관객을 모았던 영화 〈애수〉.
책과 영화를 나만큼이나 좋아했던 엄마 눈에
〈애수〉에서 안개 낀 워털루 다리에 서 있던
장교복 트렌치코트를 입은 로버트 테일러가
죽이게 멋있었던 것이 판단 미스의 원흉.

대구 문화예식장.
예복 입은 육군 장교들이 쫙 깔린 결혼식장에서 엄마 법대
동창들이 수군거렸다.
"찜뿌차 타는 게 좋았나?"
짚차보단 카키색 장교복이지, 어디까지나.
경북대 법대 홍일점의 급작스런 결혼을 로버트 테일러의
트렌치코트와 연결시킬 수 있는 동창은 없었다.
엄마의 판단 미스는 결혼 상대였다지만 내 생각은 다르다.

결혼 상대에 대한 거라면
판단 미스고 판단 적중이고 간에 크게 다를 게 없다.
어차피 누구와 결혼하든 결혼은 불행하니까.
모든 결혼은 불행하다.
내가 생각하는 엄마의 판단 미스는 결혼 시기다.

사법고시(당시는 고등고시) 합격하고 혹은 포기하고 결혼
했어야 했다. 그 결혼 '시기'의 판단 미스로 인해 엄마의 일생

은 온갖 실망과 절망과 가당찮은 핑계로 점철되었다.

　결혼하고 절에서 고시 공부한 것도 웃기지만(당시는 절 방이 고시원이었다. 참 불쌍한 육군 장교 신랑님), 임신으로 입덧이 넘 심해 공부가 안 되어(공부를 배로 하는가?) 서울 효자동에서 산부인과 개업한 친구에게 가서 중절을 부탁했다.

　친구가 첫아이 중절하면 영 불임이 될 수 있다며 펄쩍 뛰어서 포기했다. 내가 형성 초기에 살해될 뻔한 '사건1'이다. 일단 피살 위협을 받았던 내가 불안으로 계속 요동을 쳤는지 엄마의 입덧은 한 달이 지나도 여전했다. 엄마는 이번엔 아예 친구의 산부인과 베드에 딱 누워서 중절을 '요구'했다.

"앞으로 영 임신 못해도 좋으니 중절해.
　고시 날짜 다가오는데 안 되겠어." (고시를 배로 치나?)


　내가 배 안에서 얼마나 놀랐을까.
　살해 재시도 '사건2'.
　이번에도 그 고마운 엄친은 엄마를 설득했다.
　"너 이 애 갖고 내내 고시 공부만 했으니 태교 하난 끝내준 거다. 두고 봐. 엄청 공부 잘하는 수재를 낳을 거야."


　휴우~~ 경상도 말로 식~껍했다.
　무사히 살아나오긴 했으나 아들이 아니고 딸이었고
　고시 공부 태교에도 불구하고 수재는커녕
　경기여중도 겨~우 들어가고

설법대도 못 가고 겨우 이대 영문과.
엄마의 로망인 여판사는커녕 여기자 되고
판사'님' 아닌 기자'놈'과 연애해서 결혼하고
자식들을 엄격하게 '교육'하지 않고 방목 '사육'을 하고
늙고 아픈 엄마 몇 년 성의 없이 케어하다
결국 요양원에 처박고……
중간에 안 죽이고(두 번이나 살려주고) 낳아서
일생을 희생하여 길렀건만 결국 배신당했다.


서글프다.
허무하다.
다~ 소용없었다.

근데 나는 생각할수록 화가 난다.
원치 않았던 자식…… 사랑까지는 안 바란다.
존중은 해줬어야지.
꼭 자식이어서가 아니고
인간은 모두 존중받을 권리가 있다.
특히 어린이는…….
기본적인 존중 없이
다른 거 아무리 잘해주어도 소용없다.
생물 성장의 '최소 법칙'에 해당된다.
자식은 부모의 대리만족 도구도 아니고
부모의 욕구불만 스트레스를 푸는 펀치백도 아니다.

99프로 친부모로부터 이루어지는 아동학대의 젤 무서운
점은 학대받는 아동은 자신을 학대한다는 것.
자신을 학대하는 사람은 반드시 남도 학대한다.
남에 대한 학대는 공격성향으로 나타나 남을 폭행한다.
폭력범이 된다.
당연히 자기 자식도 폭행한다.
폭력의 불행한 대물림이다.
남을 학대하는 공격성이 자기 자신으로 향하면
자기학대, 자기비하, 그 익스트림 선상에 자살이 있다.

"사는 게 정말 개똥 같아요.
신발바닥보다 더러워요.
매일 나쁜 놈이란 욕을 듣고 비난과 매질을 당해요.
나도 사랑받고 존중 받으면서 살고 싶어요."

"내 부모를 고소합니다.
왜냐구요. 나를 낳았으니까요."

_영화 〈가버나움〉 중에서

레바논 법정.
열두 살의 시리아 난민 소년 자인은 말한다.
모노 톤으로 진지하게.

판사가 진지하게 묻는다.
"너의 부모에게 어떤 결정이 내려지길 바라지?"

기다렸다는 듯 자인이 말한다.
"내 부모가 더 이상 아이를 낳지 않게 해주세요."
법정 전체에 침묵이 흐르는데
자인이 옆자리에 앉은 자기 엄마의
임신한 배를 손가락으로 가리킨다.
"그래도 이 아이는 나오겠네요."
소년의 얼굴에 근심이 가득하다.

엄마 뱃속의 이 아이.
엄마 왈 신께서 또 주셨다는…….
그러니까 이 동생이 태어나서 어떻게 살게 될까.
남동생이면 나처럼 길에서 주스를 팔든지 가스통 배달 일
을 하겠지.
여동생이면 멘스 시작하자마자 신부로 팔리겠지.
열한 살에 신부로 팔려갔다가 하혈로 죽은 바로 아래 여동
생 사하르처럼.

사하르가 오토바이에 실려 갈 때 울부짖으며 제지하는 자
인을 때리며 엄마가 악을 쓴다.
"야! 너두 남자라구 이러는 거냐?"
참 무식무정 모친의 압권 대사다.

주인공 자인은 소년감옥에서 '시청자 의견을 받는다'는
TV 생방송 진행자에게 전화를 걸어 자기가 처한 지옥을 고
발했고 결국은 구원을 받았다.

물론 영화 속이니까 가능한 일이다.

작가이자 감독인 나딘 라바키가 전 세계인의 주목과 공감
을 노리고 쓴 시나리오에서니까 가능한 기적이다.

현실에선 그런 기적 드물다.


사적 영역인 가정.

네 개의 벽으로 가려져 아무도 모르게

사랑이란 이름으로

때론 훈육이란 이름으로

서서히 생명이 꺼져가고 있는 어린이들이

이 지구상에 얼마나 많을까.


옛날에 어벙한 어른들이 애들 앞에 두고

딱히 할 말이 없으면(입 닫고 있지)

이런 질문을 했다.

엄마가 좋아, 아빠가 좋아?


둘 다 싫어요.

누가 더 싫은데?

누가 덜 싫으냐고 물어보세요.

엄마가 덜 싫어, 아빠가 덜 싫어?

아빠요.

왜?

돌아가셨으니까요. //

## 에필로그

써놓고 다시 보니 글이 아니다.
말이다.

방송작가가 다른 부문 작가와 다른 점은
글을 쓰지 않고 말을 쓴다는 것.
근데 에세이를 쓰면서 글이 아니라 말을 썼다고?
그래도 괜찮을 것 같다.
수필이란 게 원래
내용도 형식도 자유로운 거 아닌가?

괜히 의기소침하지 않기로 한다.
뻔뻔하게 들릴지 몰라도
나는 나에게 무척 관대하다.
물론 다른 사람에게도.

관대함은 강자의 미덕이고

난 별로 강자가 아니니
관대보단 존중이란 표현이 적절하다.

난 나를 매우 존중한다.
물론 다른 사람도.
좋은 글을 보고 한없이 기뻤던 만큼,
아니 그 이상
나도 좋은 글로 남을 기쁘게 해주고 싶었다.

그러나……
드라마작가와 배우의 길은
들어설 때까지도
그리고 들어선 후에도
계속적인 거절과 좌절과 재기의 연속이다.

땅에 넘어진 자가 땅을 짚고 일어나듯

자기 스스로 일어나야 한다.
아무도 일으켜주지 않는다.

땅에 넘어져 엎어져 있을 때
셀프 위로가 필요할 때
그럴 때 가끔 외할머니가 꾸셨다는 나의 태몽을 생각한다.
나의 태몽이라니…….
웃기지만 나를 격려하는 데 도움이 된다.
뭐냐면…… 꽃들의 춤.

하늘에 여러 개의 꽃다발들이 뭉쳐서
구름처럼 이리저리 떠다닌다.
길의 사람들이 너무너무 좋아하면서
그 꽃무더기의 움직임 따라
이리 몰리고 저리 몰리고 난리다.

그런데 그 꽃들이 천천히 하강하여
대구 삼덕동 우리 외할머니 집
대청마루 난간에 딱 걸렸다는 거다.

아이고…… 딸이구나. 아들이 아니고…….
그러셨겠지.
호랑이도 아니고 고추도 아니고 꽃이니.

그런데 난 꽃을 보고
여러 사람들이 즐거워했다는 데 방점을 찍는다.
그래, 내가 힘내서 쓸 드라마의 시청률이야, 저게…….
드라마 일이 잘 안 되어 의기소침해 있을 때
제자가 연락을 했다.
"선생님께 꼭 드리고 싶은 그림이 있어요. 갖다 드릴게요."

노란 바탕에 꽃자주빛, 붉은빛, 라벤더빛, 연한 핑크빛의 꽃들이 초록 잎에 쌓여 꽃다발로 떠 있는 그림이었다.

춤추는 하늘의 꽃다발 그림.
꽃의 축제, 꽃의 춤.
파아란 하늘이 아니고 노오란 하늘이지만.
괴로울 땐 '하늘이 노오랗다'란 말도 있지 않은가.
위로와 격려의 꽃다발이다.
꽃 한 송이 한 송이가 웃고 있다.
춤추며 하늘의 유영을 즐기고 있다.
가만히 보고 있음 행복해진다.

젊은 시절 모습이 내가 봐도 나랑 무척 닮으셨던
내 외할머니의 꽃 선물이다.

'하늘이 노오란' 외손녀에게 내려 보내주신…….

*Happy Women Spend,*
*Unhappy Women Write.*

# 행복한 여자는 글을 쓰지 않는다

**1판 1쇄 인쇄** 2019년 6월 7일
**1판 1쇄 발행** 2019년 6월 12일

**지은이** 최연지
**펴낸이** 고병욱

**기획편집실장** 김성수 **책임편집** 윤현주 **기획편집** 장지연 박혜정
**마케팅** 이일권 송만석 현나래 김재욱 김은지 오정민 이애주
**디자인** 공희 진미나 백은주 **외서기획** 엄정빈 **제작** 김기창
**관리** 주동은 조재언 **총무** 문준기 노재경 송민진 우근영

**펴낸곳** 청림출판㈜
**등록** 제1989-000026호

**본사** 06048 서울시 강남구 도산대로 38길 11 청림출판㈜ (논현동 63)
**제2사옥** 10881 경기도 파주시 회동길 173 청림아트스페이스 (문발동 518-6)
**전화** 02-546-4341 **팩스** 02-546-8053

**홈페이지** www.chungrim.com
**이메일** redbox@chungrim.com

ⓒ 최연지, 2019

ISBN 979-11-88039-32-6 03810